# 陈圆圆

周维先自选集

周维先 / 著

中国书籍出版社

图书在版编目（CIP）数据

陈圆圆/周维先著.—北京：中国书籍出版社，2018.3
ISBN 978-7-5068-6747-4

Ⅰ.①陈… Ⅱ.①周… Ⅲ.①电视文学剧本—中国—当代 Ⅳ.①I235.2

中国版本图书馆 CIP 数据核字（2018）第 035175 号

## 陈圆圆

周维先　著

| 图书策划 | 牛　超　崔付建 |
|---|---|
| 责任编辑 | 成晓春 |
| 责任印制 | 孙马飞　马　芝 |
| 出版发行 | 中国书籍出版社 |
| 地　　址 | 北京市丰台区三路居路 97 号（邮编：100073） |
| 电　　话 | （010）52257143（总编室）（010）52257140（发行部） |
| 电子邮箱 | eo@chinabp.com.cn |
| 经　　销 | 全国新华书店 |
| 印　　刷 | 三河市华东印刷有限公司 |
| 开　　本 | 650 毫米 × 940 毫米　1/16 |
| 字　　数 | 200 千字 |
| 印　　张 | 14 |
| 版　　次 | 2018 年 4 月第 1 版　2018 年 4 月第 1 次印刷 |
| 书　　号 | ISBN 978-7-5068-6747-4 |
| 定　　价 | 30.00 元 |

版权所有　翻印必究

# 总　序

汤显祖逝世四百年了。莎士比亚也逝世四百年了。一个是中国戏剧大师。一个是英国艺术巨匠。

夜读"临川四梦"，让我神思悠悠恍然如梦。莎翁又令我亢奋而至于无眠。

莎士比亚写情的执着。汤显祖写爱的顽强。

罗密欧与朱丽叶可以为爱双双赴死，前赴后继死在了一起。杜丽娘却"情不知所起，一往而深。生者可死，死亦可生"。她竟然为了没有得到的爱又重新活了过来，回到一见钟情的地方，寻找那一个必定属于她的人。

是不是棋高一着？

生离死别，缘起缘灭。那缘，是可以超越生死的。

我没有研究过"比较文学"，但是，在虚心拜读之余，还是忍不住把两位大师比较了一下。

六十年了。

在前不见古人后不见来者的苍茫中,我追寻生命的原始。

在精神的王国里,生命不源于神秘莫测的大海、雷电中野性的山林、艳阳下蛮荒的原野。

生命始于爱。

爱生一,一生二,二生三,三生万象。于是有了你,有了我,有了爱和恨的戏剧。

我是爱的儿子。我因爱来到人间,也将为爱绝尘而去。最后归于尘土。

如今,我遥望着故土,遥望着故土上的老树。

老树摇曳着千年的岁月。我摇曳着满头的白发。

大树下,故乡人摇着扇子捧着紫砂,在月下,在风中,絮絮而谈,讲的是古往今来、前世今生……

掬水月在手,弄花香满衣。

——那是我祖祖辈辈繁衍生息的太湖吗?

那里有我的父辈、父辈的父辈……来自生命源头的梦。

那梦很长很长,长到无可言说,美到风华绝代。尽管我已然从白衣飘飘的少年变成了苍颜白发的老者,但是那林林总总多姿多彩的爱之梦,仍然逶迤而来,绵延不绝……

于是,我用爱,用生命,用灵魂,用一个又一个白天和黑夜,把一篇又一篇关于爱的故事写在了流水之上……

2016 年 6 月 22 日草<br>
8 月 26 改于连云港　苍梧

· 目
  录 ·

001　陈圆圆

045　百年梦幻

109　梅园往事

# 陈圆圆

片头：

金陵古城，甲第连云。

秦淮河临河楼窗上洒落的脂粉、花瓣随着清波旋流漂荡而去……

一组主观镜头：

铜环半启的木门呀的一声被推开……

走进院落，只见老梅一树、青竹数竿，曲折幽径通向一座精洁古雅的小楼。

过槛进楼，堂前鹦哥立即唤道：

"公子来了，看茶，看茶。"

升阶登楼（伴以脚步音响），楼上珠箔低垂，香烟缭绕，牙签玉轴，堆列几案，锦瑟瑶琴，陈设左右。

公子的声音："圆圆呢？"

杏儿的声音："从良了。"

公子的声音："跟了谁？"

杏儿的声音:"田宏遇,是皇帝的丈人呐!"

公子的声音:"什么?会有这等事?"

杏儿的声音:"田国丈拿出千金,鸨母眼都看花啦!"

公子的声音:"噫唏!伤天害理……伤天害理呀!"

院内,老梅青竹前。

圆圆的声音:"我的曲子只唱给三种人听。"

公子的声音:"哪三种人?"

圆圆的声音:"天下有心人,天下伤心人,天下多情人。"

公子的声音:"我是有心人,又是伤心人,更是多情人。唱吧,圆圆!唱吧、唱吧!"

歌声起:

　　白下青溪桃叶渡口
　　淡粉轻烟十六楼
　　一笑倾城　名姬回眸
　　红莲绿水结伴游
　　公子王孙　裘马轻狂
　　浪掷千金恋温柔
　　翩翩白衣　又度新声
　　忍抛浮名醉红袖
　　怎道是灯船十里耀秦淮
　　金陵佳丽不解愁
　　君不见
　　楼馆劫灰　云散风流
　　桥边独剩多情柳
　　名士青山　美人黄土

## 江南旧梦怎回首

歌声中映现秦淮八艳——柳如是、顾横波、马婉容、寇白门、卞玉京、李香君、董小宛、陈圆圆——手帕姐妹在"盒子会"上簪花击鼓、抚琴度曲、饮酒谈笑的情景,映现端午节之夜秦淮河画舫如织、笙歌唱和、灯耀十里的繁华场面……

在一艘画舫里,白公子正挥毫作画。

陈圆圆斜倚画栏,眼望秦淮夜色。

须臾,画成。(肖像画暂不入镜)

白公子将画像给圆圆看:"如何?还像吗?"

陈圆圆回眸,微微一笑:"公子溢美了。"

白公子:"可惜这眼睛……不能传你神采之万一,我实在力不从心了……"

杏儿进舱:"酒菜备好了。"

陈圆圆:"可要端来?"

白公子:"哦,放下笔还真觉饥肠辘辘,想要大吃一顿啦!"

肴馔摆好,圆圆把盏:

"白公子今夜不妨开怀畅饮。"

白公子:"圆圆,有你,我就是世间豪富,什么都有了,我好比柳三变……白衣卿相……"

陈圆圆:"黄金榜上,偶失龙头望?"

白公子饮尽一杯:"这才忍把浮名,换了浅斟低唱……"

圆圆给公子斟酒:"这一杯给你饯行。"

白公子惊疑地望着她:"嗯?"

圆圆:"秋闱已过,你该回乡读书,侍奉高堂了。"

白公子:"圆圆!你要我走?"

圆圆:"我要你做一个堂堂正正的人,一个伟男子,一个大丈夫。"

白公子:"你,你不疼我了?"

圆圆默然,给自己斟酒,举杯,注视公子:

"……陪君一杯,权作话别。公子好自为之。此去山高水远,多多珍重……"

窗外,斜侧画舫上响起了十番锣鼓。

片头字幕完。

推出片名:**陈圆圆**。

昆明野园净室。(陈圆圆暮年)

香烟袅袅,青灯黄卷。

陈圆圆背影。(在本场景中,她始终背对画面)

她手捻佛珠默诵经卷。

外面响起老尼的声音:"平西王驾到,有失远迎。"

吴三桂鬓角染霜:"免礼免礼。"说着步入净室,"爱卿,三桂看你来了。"

陈圆圆端坐不动:"多谢大王关照。"

她的背影渐渐占据整个画面。

她的心声:

"……吴三桂,当年倘若失之交臂,天命将怎样安排我这个身不由己的女人?"

古寺。(陈圆圆青年)

陈圆圆在大殿进香跪拜。

杏儿搀着她跨出山门,向轿子走去。

谁叫了一声:"陈圆圆!快来看哪!"

摆摊的叫卖半句便张大了嘴巴。挑担的放下担子,拄着扁担踮起了脚。进香的从山门回头向轿子涌去。

山路上骏马勒缰啸鸣回首,种田的、卖唱的、剃头的、喝茶的、正在卖物收钱的,都扔下手里的事体飞步前来一睹风采。

陈圆圆好不容易才钻进轿子。

轿夫抬不起轿杠。

抬起了,走不动。

道路壅塞。万头攒动。轿子涌来荡去,如波涛中的一叶孤舟。

山路上驰来一员武将,英挺壮健,正当盛年,来到这里,不能进古寺,便问随从:

"出了何事?"

随从:"没出事,老爷,秦淮名妓陈圆圆来进香,看她的比烧香的还多,百姓们都争着要一饱眼福哪!"

吴三桂:"喔!是陈圆圆!?"

随从:"老爷,都说只要看她一眼,这辈子就算没白活!"

吴三桂:"果然是个绝色美人?"

挑夫插进来:"要不,哪来这么大阵势?"

吴三桂命令随从:"叫他们让路!"

随从喊道:"闪开,闪开!当今总兵大人吴三桂到了!"随手推开了两个人,"好不晓事,眼睛长到天灵盖上啦!去!去去!走,走开!"

人群仍然堵着道路,围着轿子,弄得水泄不通。

吴三桂扔给随从一袋碎银:

"撒到路边去!"

随从:"是,老爷。"抓出一把碎银朝天撒向路右,又将一把碎银撒向路左，嘴里不断喊着，"银子！银子！快拾呀！快拾啦！"

穷人们涌向路边争拾碎银，挤翻了小车、货摊。

吴三桂乘隙策马轿前，翻身下马：

"陈小娘受惊了。"

"多谢总兵大人。"陈圆圆从轿帘缝隙中端量吴三桂，被他夺人的英气震撼。

"小娘，请。"三桂从轿前让开，

"奴妾不便下轿拜谢，请将军屈驾择日来寒舍小叙"。

"三桂倘能拜识芳颜，三生有幸。"

轿夫们抬起轿子向山路走去。

拾过银子的又尾随轿子，追看陈圆圆。

吴三桂跃上马背，望着远去的轿子。

轿子里的陈圆圆，若有所思，眼含柔情。

她的心声："……他好比参天大树，我一似风中弱柳。在他面前，我显得娇小柔弱，渴望怜惜抚爱……哦，可怜的白公子，我总不会因此把你忘怀吧？"

吴三桂一副书生装束，与古寺前判若两人。

他推开铜环半启的木门。

他穿过老梅独立、幽竹篁篁的小院，信步走进小楼。

鹦哥唤道："公子来了，看茶，看茶。"

鸨母迎出来："公子请用。这是雨前茶。"

吴三桂并不坐下："谢外婆。我要见陈小娘。"

鸨母："喔唷！这……大人，圆圆姑娘她……"

吴三桂："偶感风寒？不能会客？好个有眼无珠的势利小人！"拂袖上楼。

鸨母:"公子公子!圆圆她真的……"

吴三桂上得楼来,只见珠帘低垂,寂然无声,只得拱手立于门外:

"三桂鲁莽。若有冲撞,切望小娘恕罪。"

屋内这才响起窸窸窣窣的声音,撩开帘幕走出个杏儿:

"是总兵大人吧?请里面坐。"

杏儿两眼红肿,像是哭了多时。

吴三桂:"妹妹为何哭肿了眼睛?"

杏儿:"圆圆姑娘她……"

吴三桂:"她怎么样了?"

杏儿:"她……走了。"

吴三桂:"走了……走到何处去了?不,不会,她约我在此小叙,我带了千金为她赎身,我要与她结百年之好……"

说话间鸨母已上楼:

"大人晚了一步。田国丈用千金买了圆圆姑娘,还说要送进大内,献给皇上做贵人哪!"

吴三桂失神地跌座椅上:

"陈圆圆……三桂此生……与你无缘?真的……无缘么?"

鸨母:"那缘分是天定的。您要是早来两天,就凭您带来这么多金子……"

吴三桂:"两天?噫唏!"拍案,"我为何不早来两天?国丈已把她带走了?"

鸨母:"先去苏州,再折回北京,圆圆这回终身有靠,享不尽荣华富贵啦!"

吴三桂起身,抚弄圆圆用过的瑶琴锦瑟,又在她习字作画的几案前流连叹息。几案上,一幅梅竹图似在离去前刚刚画完,画笔仍浸泡在鲜红的颜料中。

长江官船。
陈圆圆正为田宏遇唱王实甫《西厢记》。
田国丈饮酒,频频捋着白须。
陈圆圆曼舞轻歌:

  (集贤宾)虽离了我眼前,却在心上有;不甫能离了心上,又早眉头。

吴三桂策马荒野,挥鞭、挥鞭、再挥鞭……
骏马汗流浃背,跃临崖边。
吴三桂并不下马,木然伫立崖边,任狂风吹拂……

姑苏园林水榭。
陈圆圆仍在为田国丈唱《西厢记》:

  ……忘了时依然还又,恶思量无了无休。大都来一寸眉峰,怎当他许多颦皱。

金陵夫子庙前。
吴三桂在熙攘夜市中茫然前行,被人挤挤撞撞。偶见画摊,驻足凝视。
摆摊的是白公子,所挂画幅都是仕女美人,艳而不俗,别具一格。

姑苏园林水榭。
田宏遇大宴宾客,一面欣赏着陈圆圆的《西厢记》。

陈圆圆敛眉低唱：

　　新愁近来接着旧愁，厮混了难分新旧。旧愁似太行山隐隐，新愁似天堑水悠悠……

金陵夫子庙前夜市。
白公子画摊。
吴三桂："你这仕女图多少银子一幅？"
白公子转身一揖，客气地："五两。……先生嫌贵？白某的画是不贱卖的。"
吴三桂打量他："我看你不像画商，且画风不媚不俗，出手不凡，倘不是手头拮据，断不会抛售这些不可多得的佳作！"
白公子："不瞒先生，小弟囊空如洗，只想赚些盘缠，回乡侍奉高堂。"
吴三桂："哦！请问你可有陈圆圆画像？"
白公子："没，没有……就是有，也不能标价出售。"
吴三桂："看来，公子还着实珍藏着陈圆圆画像。敝人无缘得见江南名妓芳容，可否将其画像借我一阅，以偿夙愿？"
白公子："先生，您对圆圆如此崇拜？"
吴三桂："嗯，你的画五两银子一幅，我给你五十两一观陈美人画像，可好？"
随从当即捧过五十两纹银。
一些好事者纷纷议论。
白公子："……好吧！"收下银子，从行囊中取出画像。
吴三桂迫不及待地打开画卷，屏息凝神，目光中似有火星闪烁，有顷才喃喃地：

"……尤物……神仙……天姿国色！"示意随从，"再给这位先生五百两银子。"一面卷起画幅，"这幅画像我买了！"

随从丢下一大包银两。围观者咋舌，大哗。

三桂已翻身上马，携画而去，把人群冲撞得东奔西散。

白公子大叫："先生，这画不卖，不卖的！它，它是无价的呀！"追赶不迭，捶胸顿足。

昆明野园净室。（陈圆圆暮年）

吴三桂："爱卿，当年得到你的画像，如获至宝，我挂在房中日夜观赏，痛悔自己晚了一步……"

陈圆圆打坐的背影。她的心声："相见恨晚……相知更晚。你苦苦寻求过我。我真诚地爱慕过你。你是我平生知遇的第二个男子。可是命运偏偏迫使我面对第三个男人……"

大内。

陈圆圆由田宏遇相陪、小太监引路走进紫禁城。

一扇扇在她面前渐渐洞开的宫门。

一级级在她眼前高耸的汉白玉阶梯。

陈圆圆跨过一个又一个门槛。

一扇扇宫门在她身后关上的空洞沉重的回响……

她惶惑、恐惧，不知将面对一个怎样的皇帝、怎样的男人。

宫中。

陈圆圆匍匐在地。

崇祯皇帝的身影："平身。"

陈圆圆抬头，不由地吸了一口冷气。

陈圆圆心声："上苍啊，你果真要将妾身交付给他——这个心事重重、君临天下的真龙天子？"

崇祯侧影："哦！美人！鼓琴？度曲？歌舞？"

田宏遇："你可奏一曲为圣上解忧。"

陈圆圆轻抚古琴，如春雨吹拂，山泉叮咚，一支令人柔肠寸断的乐曲令崇祯恻然动容。

皇上突然挥手："朕本来心乱如麻，何以奏此凄情悲切之曲调？"

田宏遇立即跪下："请圣上恕罪。"

陈圆圆跪下，竟急中生智：

"奴妾有罪。然奴妾曾闻孟尝君令周士抚琴。心于悲，则闻悲而悲，心于喜，则闻悲亦可喜。望圣上明察。"

崇祯："好一个奇女子，姿容超群，满腹经纶，只可惜……"长叹一声。

田宏遇："圣上？"形容十分紧张。

崇祯："可惜闯贼谋反，烽烟四起，朕已无心消受了……陈圆圆，你来得太晚了！田国丈，朕将他赐还于你。"挥挥手，"带走吧！"

崇祯转过身，眼噙泪水，蹒跚而去。

传来太监的声音："吴三桂已应召进京。"

陈圆圆面露喜色。

皇帝的声音："让他明天来见朕。"

陈圆圆随田宏遇向宫外走去……

她的心声："李闯席卷北国，皇帝茫然四顾，竟找不到忠臣良将以保社稷。皇上眼里闪闪的泪光昭示我天子也是人。正是这个五内俱焚末日将临的人，把我推给了第四个男子……"

田宏遇藩府。

陈圆圆给须眉皆白的田国丈把盏。

老国丈色迷迷盯着圆圆斟酒时露出的手臂。

他们身后是重楼叠阁，歌台舞榭。

田宏遇将圆圆搂到怀中，动情地欣赏她的花容月貌，用松弛多皱、寿斑累累的手摩挲她的桃腮。

"若不是国家多难，圣上怎舍得把你赐还给我……"

陈圆圆在他肩上拾起一茎白发，当即轻轻甩脱。田宏遇已看在眼里。

园中传来女人们的笑声。

田宏遇凄然："圆圆，你以红颜对我白发，不觉寂寞？"

陈圆圆："国丈何出此言？奴妾不过是章台陋质、青楼歌妓……"

田宏遇："老夫暮年有美人相伴，足矣！只是眼下内有闯贼作乱，外有满清犯边，一旦有变，覆巢之下岂有完卵？"

陈圆圆："国丈何不结交一位兵权在握的武将，以防万一？"

田宏遇："国势微弱，朝臣腐败，忠臣良将如凤毛麟角，百无其一啊！"

陈圆圆："日前在宫中听说圣上召见吴三桂，昨天皇帝还赐了他尚方宝剑，可见他是朝廷柱石、救国良将。国丈可备盛筵、娱声色，请这位拥雄兵数万、守险关要隘的将军来藩府一叙。他日有难，何愁吴将军不为国丈出力？"

田国丈捋须拍手："怪不得皇帝夸你满腹经纶！爱卿果然是个奇女子。你为老夫运筹帷幄，一扫愁容，我该怎么谢你？嗯？"忽有所悟，"可不知……那吴三桂……爱的是金钱呢，还是……美人？"

田国丈藩府东园。

园中花环水绕，大厅里灯烛通明，女乐陈列。

一声"吴将军到！"笙箫互作，管弦齐鸣。

屏风后，陈圆圆觑见田宏遇盛装出迎。

"吴将军，请。"

陈圆圆在屏后看到：吴三桂头戴紫金冠，身穿红锦战袍，腰佩一口长剑，脚蹬一双绣鸾战靴，器宇轩昂，威风凛凛，气度不凡。

田宏遇、吴三桂刚刚落座，早有香茗送到。接着便是珍果佳肴、水陆备至。

田宏遇："吴将军英雄盖世，名不虚传。今日幸会，蓬荜生辉。"

吴三桂："三桂乃一介武夫，国丈过誉了。"

田宏遇："山海关乃中国之咽喉，有将军威镇域外，扼关守塞，实乃朝廷之大幸，民族之大幸。老夫也当受益不浅。"

吴三桂："圣上委以重任。末将虽肝脑涂地，当不使外敌正视中原。"

田宏遇："老夫听说将军即将登程，设薄宴歌舞，以壮行色。"

吴三桂："三桂终年过军旅生涯，今日得闻笙歌管弦，得见美女如云，乃平生一大乐事。"

田宏遇："将军倘不嫌鄙陋，敝府金粉三千，任随挑选。"示意家人，女乐作，歌舞兴。

妙龄舞女在三桂面前翩翩而过……

陈圆圆在屏风后注视三桂的反应。

吴三桂正襟危坐，置若罔闻。

国丈劝酒，察言观色：

"将军，可有中意者？"

吴三桂："国丈，你在问三桂？"

"你看如何？"

"晚生并未见到什么。"

田宏遇面有愧色。

陈圆圆在屏后窃笑。

家人送来邸报。

田宏遇接看，不由得读出声来：

"代州失守，周遇吉阵亡。"

国丈失色："代州失守，京城风雨飘摇。老夫风烛残年，偏要遭此丧乱！"

吴三桂："末将蒙国丈错爱，一旦京畿有难，当力保藩府。"

田宏遇大喜："难得将军如此豪侠重义，老夫何以报答？"

吴三桂："晚生听说藩府内有一位声甲天下之声，色甲天下之色的吴门歌妓……"

田宏遇脱口而出："陈圆圆！"说出后又颇为失悔。

吴三桂："正是。久欲一睹芳容，无奈缘分浅薄……"

屏风后陈圆圆喜上眉梢。

侍女走过来："请更衣。"

圆圆随侍女离去。

国丈敬酒："将军满饮一杯，圆圆即可为你歌舞助兴。"

吴三桂："果然如此，晚生当痛饮三杯。"连饮三杯，满面春风，脱去戎装，顿时显得潇洒倜傥，儒雅风流。

女乐大作。

帷幕后翩然飘出个窈窕女子。

有人轻唤："陈圆圆！？"

那女子以背相向，款移莲步，曼声唱道：

江南胜景本无多，
　　只在晓风残月夜……

　　她转过身来，却以羽扇遮面，只留一双水灵灵秀目顾盼流转，向吴三桂投去深深一瞥。

　　她掩面舞来，到三桂面前，满斟一盅。三桂注视，并不接酒，忽而站起，逼视舞女，那舞女一惊，歪斜倒去。三桂并不理会，大步走向帷幕，"哗"的一声扯开锦绣幕帘，后面站着个又惊又喜，张皇失措的陈圆圆。

　　三桂见她站立不稳，迅即将她搂定，瞠目凝视，目迷心醉，喃喃地：

　　"……美人……这才是绝色美人——陈圆圆！"

　　田宏遇颇为尴尬。

　　吴三桂："可以请陈美人为末将度一曲清歌么？"

　　田宏遇："当然，当然，定要使将军尽兴才是。"

　　圆圆复回幕后理了理云鬟，平了平过度的兴奋，在女乐声中流云轻烟般袅袅舞出，眼含惆怅，似嗔似怨，婉转唱道：

　　"自悔当初辜情愿，经年别，两成幽怨。虽梦入辽西，奈关山隔越难逢面。"

　　吴三桂击节赞叹，圆圆挑出了他的心曲。

　　圆圆又唱：

　　"我独自慵抬眼，怅望暮云似天远。感离愁倍加肠断，今咫尺天涯。莫言心曲空回看。恨今日徒相见。"

　　吴三桂的眼睛一刻也没离开朝思暮想的美人，早已心旌摇荡，情不自禁：

　　"好！色艺双绝，举世无双，三桂叹为观止了！叹为观止了！"

陈圆圆为三桂、国丈斟酒把盏。

三桂起身，手捧酒杯：

"末将请娘子同饮，不知能否赏光？"

陈圆圆瞟了国丈一眼：

"奴妾从不饮酒，既蒙垂青，理当奉陪。"接过酒杯，一饮而尽，顿时面若桃花，轻喘娇咳，"……不胜酒力，奴妾告退了……"

三桂大笑："如此国色天香，皇上为何不留在宫中？"

田宏遇："国家多事，日理万机，圣上已无意女色。"

三桂："国丈似也为国事家事焦虑，实在令人钦敬，难怪藩府金粉三千竟无暇一顾，而慨允晚生，任意选美……"

国丈："吴将军此话怎讲？"

吴三桂："国丈倘将陈美人赏给末将，藩府邸宅必定永保无虞。三桂日后当不辞刀山火海，以死相报。"

田宏遇："将军如此慷慨陈词，恐绝非戏言。请稍候，待老夫与圆圆商量则个……"

国丈刚要起身，陈圆圆已由两个侍女搀扶着走来："国丈不必多虑，奴妾并非不明大义之人，为国为家，何惜一旧院歌妓？我愿随吴将军而保国丈藩府无恙。"

田宏遇猝不及防，竟被圆圆说得瞠目结舌。

吴三桂大笑，当即起身拜谢："陈美人愿随末将，晚生拜谢国丈了！"

田宏遇脸上红一阵白一阵，一时间说不出话来。

只见三桂随从已将暖轿抬到厅外，三桂令圆圆拜别皇亲，竟把美人拥上轿去，迅雷不及掩耳地出了藩府。

吴府。

卧室的门"哗哗"两声被推开。

吴三桂拥着陈圆圆进来，旋即关上房门。

两人对视良久，都为对方迷醉、倾倒。

吴三桂："圆圆，我想你想得好苦！"

陈圆圆："这一天，我也盼了许久……"

吴三桂："没有一夜无梦，没有一梦无你。天长日久，只有那画像给我许多安慰。"

圆圆惊疑地："画像？"转身看去，不觉一愣，"……哦，你怎么会得到它？"

吴三桂："金陵夫子庙。一个书生秋闱后没有盘缠回乡。我以重金买下这画像。从此，它成了我每天不能离开的无价之宝。"见圆圆呆呆地望着画像，"圆圆，怎么不说话？你从画上走下来了。这该不是梦吧？"

陈圆圆从沉思中抬起眼睛：

"……妾一直梦想委身一位当世英雄。今天，命运助我好梦成真。……白公子爱慕我多年，才画出如此精美的肖像。他只叫我怜惜，不能唤醒我做女人的情愫。自从见到将军……"偎向三桂。

三桂小心翼翼地搂抱她，用手爱抚她：

"见到我便如何？便如何……"

圆圆："……就感到顿然成了一个女人。"

吴三桂："原来不是女人吗？不是吗？嗯？嗯？"亲她的额、她的腮、她的嘴、她的头……

圆圆深深吁了一口气，闭上眼睛，叹息般地倾诉："现在才是，现在……现在……彻头彻尾，彻里……彻外……"

吴三桂："圆圆，你太美太美，美得让我晕眩，让我心醉，让我宁肯抛弃人世间的一切……"

他沉醉在圆圆温馨芬芳的气息之中，紧贴着她的面颊、她的身体……

一个绝世佳人，一个赳赳武将，此刻再也找不到任何语言，再也不需要任何语言……

一件件绣裙锦袍从帐帷中飘飞而出，款款而落……

月华如水。两情缱绻……

敲门声。

然后是吴襄的喊声：

"桂儿！李公公在客厅等你呐！"

三桂裸着身子起来，披衣开门。

卧室。

吴三桂怏怏而回。陈圆圆已穿戴齐整。

圆圆："将军为何愁眉深锁？"

吴三桂："军情紧急，圣上命我连夜登程。圆圆，你我望穿秋水，方成连理。良宵苦短……圣命难违，奈何？"

圆圆："既有皇命，当以国家为重。将军戎马倥偬，圆圆难以追随左右，还望将军勿以奴妾为念，多多保重。"

吴三桂："为了爱卿，三桂当早日奏凯回朝，同你白头偕老。圆圆，三桂爱你之心，天地可鉴。"

陈圆圆："妾朝夕盼望，翘首以待，等候将军凯旋……"泪眼朦胧，转身拭泪。

吴三桂："爱卿如此情深，三桂更难免英雄气短，无力前行了。"走到门口，突然转身，"圆圆，等我回来，举行盛大婚典，如何？"强笑而去。

圆圆瘫坐床边,扑在合欢床上轻轻哽咽……

她的心声:"我一生没齿难忘的只有那一个没有度完的良宵。它像遮去一半的圆月,把情爱和缺憾永留心间。但我仍然感念上苍把世上最好的男子赐给我,赐给柔弱坎坷终究成为女人的圆圆……"

京城火光四起……

崇祯皇帝吊死在煤山树上……

吴府。
有人喊了一声:"不好了!刘宗敏把府邸包围了!"
顿时,妻妾奴仆大哭小喊,东奔西跑,一片混乱。

书斋里。
吴襄镇定如常,吩咐左右,如此这般,即令家人退下。
他刚刚起身,迎到书斋门口,刘宗敏已带着副将兵卒闯了进来。
吴襄退后一步:
"这位可是刘将军?"
刘宗敏哼了一声,瞟了他一眼:
"你是吴三桂的父亲吴襄?"
吴襄:"在下正是,久仰将军威名,请,请。"
刘宗敏大大咧咧地坐下,四下观看:
"好气派的去处!种田人哪辈子享过这等清福!"
吴襄:"惭愧,惭愧……"
说话间家人已抬来几只银箱。
吴襄:"将军鞍马劳顿,部将一路风尘,特献纹银五千两以补军需。"

刘宗敏:"唔,这个老头还算知趣。不似那班龟孙,非逼索再三,吃尽苦头,方肯交出金银。"

这时,四个美貌女子走来向刘宗敏施礼。

吴襄:"几个小妾,供将军驱使。"

刘宗敏:"嗬!到底是大户人家女子,山珍海味喂大的,个个如花似玉。"随手拽过一个,端量摩挲,"好,好!恁地细嫩,强似我那黄面婆百倍!"

这时,副将在他耳边啜嚅几句。

刘宗敏:"唔?还有比这更漂亮的?谁?……陈圆圆?"旋即变颜失色,拍案而起,"吴襄老儿,我差一点上了你的当!我刘宗敏亲自来了,你竟敢把个绝代佳人藏了起来。来啊,把这个老贼捆喽!"

吴襄立即被捆了起来。

刘宗敏拔刀:"你今天不交出陈圆圆,我杀了你这个虚情假意的老狗儿!"

吴襄在刀下发抖,"将军,将军……"

刘宗敏:"搜!"


内院楼上。

陈圆圆淡妆素服推门而出。

一士卒欲上前抓她。

陈圆圆:"主帅在哪里?我自去见他。"不紧不慢地走下楼去,穿过院落,迈进书斋,"这位想必是刘将军,奴妾有失远迎,还望恕罪。"

刘宗敏张口结舌,愣在那里,有顷,揉揉眼,眨了几下,又晃晃头,似在证实是否身处睡梦：

"天爷爷……世上竟有这样的……美人？"

陈圆圆浅浅一笑："敢问将军，江山美人二者不可得兼，不知您要什么？"

刘宗敏不自觉地："美人……美人……不，江山！当然是大顺皇帝的江山！"

陈圆圆："李闯王所向披靡，攻陷京都，做了皇帝，可是正义之师？"

刘宗敏："不是正义之师怎会逼得崇祯老儿走投无路，上吊自尽呢？"

陈圆圆："正义之师当晓之以义，动之以情。倘若进了京城，不知安抚百姓，就抢金夺银，左拥右抱，这江山可能坐得安稳？"

刘宗敏："那班皇亲国戚的金银都是刮来的，所以要物归原主。再说，兴他们妻妾成群，吃喝淫乐，就不兴我刘宗敏受用受用？"上前两步，抱过圆圆，"来吧，美人儿！"

吴襄："刘将军，使不得，使不得的呀……"

刘宗敏："怎地使不得？"

吴襄："他是三桂的爱妾。"

刘宗敏："吴三桂的爱妾就不能变成我刘宗敏的爱妾？我莫非够不上当世英豪、开国元勋么？"

陈圆圆："刘将军，陈圆圆随了开国元勋确是件荣宗耀祖的事，只是吴三桂带着数万雄兵，倘若得知圆圆被你夺走，他定会杀奔京城的。"

刘宗敏："唔？他敢？为了你……"再次端量陈圆圆，"在你面前，江山、美人哪个在前，哪个在后，是会糊涂起来……"

陈圆圆："吴三桂往日为了奴妾什么都做过，日后为了奴妾，料他什么都做得出来的,刘将军。"

刘宗敏:"喔!美人儿!这话提醒了我。吴襄老儿,快给吴三桂写劝降书,叫他马上归顺我大顺王朝!给他松绑……快写!不然,诛吴家老小,满门抄斩!"

吴襄大惊失色,刚拿起的笔"啪"地落在地上。

刘宗敏:"美人,到那有花有草的地方,给将军我唱一段小曲儿,怎么样?哈哈哈……"拖着圆圆,斜睨她的粉腮,晃晃悠悠走出书斋……

陈圆圆画外音:"第五个男人……我白日里强作欢颜,夜静时欲哭无泪……苍天把吴三桂赐予我,为何又无情地夺走他?"

叠印昆明野园净室,陈圆圆面对青灯黄卷的背影。
陈圆圆心声:"一切皆空,一切皆空。人世不过是一场春梦……"

吴府。
陈圆圆心神恍惚地为刘宗敏唱《西厢记》,时而在假山亭中,时而在花前柳下,时而在幽泉小轩……
仍是那段(集贤宾):

虽离了我眼前,却在心头有,不甫能离了心上,又早眉头。

吴三桂驻地。
流星马驰来。
探马跃下马背,直奔吴三桂帐中:
"将军,京城陷落,大人全家被擒,崇祯帝已驾崩。"

吴三桂霍然站起:"立刻进兵!"

这时,又有士兵来报:"唐通求见。"

吴三桂想了一下,挥去左右:"叫他来见我。"

唐通进帐:"将军久违。"

吴三桂:"你个无耻降将,也有颜面见我?"

唐通:"将军息怒。在下带来令尊书信,请过目。"

吴三桂接过书信,看了一遍,眉峰渐渐皱紧,深深吸进一口气……

唐通:"将军倘不归顺大顺皇帝,老父妻妾都将命归黄泉。崇祯已亡,吴总兵已无忠可尽,总要尽人子之孝吧?"

随从送进金银。

唐通:"这是大顺皇帝赐给你的四万两银子聊充军饷,日后还将论功行赏,封官晋爵。请将军决断。"

一副将闯进来,拔刀劈向唐通:"不杀了他,将军你要遗臭万年!"


吴府园中。

陈圆圆仍在为刘宗敏唱《西厢记》:

　　……忘了时依然还又,恶思量无了无休。大都来一寸眉峰,怎当他许多颦皱……


吴三桂帐中。

吴三桂怒喝:"住手!休得无礼!"

副将的刀垂了下来。

吴三桂:"请唐将军回京复命。吴某唯父命是从以全孝道,即日收兵归顺。"副将顿足,复举刀砍唐通,被吴三桂一剑格飞了那刀。

副将大叫:"将军!三思,三思啊!莫非你要做千古罪人吗!?"

吴府园中。
刘宗敏将一朵花插在陈圆圆鬓间。
陈圆圆继续唱着,

……旧愁似太行山隐隐,新愁似天堑水悠悠……

吴三桂驻地。
流星马飞驰……
又一探马翻身下马,直奔吴三桂帐中:
"闯逆部将刘宗敏掠走了将军的爱姬……"
吴三桂一惊:"什么?哪一个?说呀!"
探马:"陈……陈……陈圆圆!"
吴三桂"啊"的一声朝后便倒,少顷醒来大哭:
"闯贼欺人太甚,我吴三桂不灭逆贼,誓不为人!"
抽出长剑,挥剑砍去几案一角。

乌云低垂,阴风乍起。
吴三桂白盔白甲一身缟素。他骑着一匹白马在山岗上望着部旅开拔。
山岗下,三军服丧,一片白色,沿着大路逶迤而去……

北京城下。
无数白色的骑兵在浓重的阴霾下铺天盖地汹涌而来。

吴三桂高举宝剑，杀气腾腾地挥师前进……

城上。
吴襄及三桂妻等数十人被押在城上。
吴襄在城堞间向下面喊话：
"崇祯已亡，大明已亡。三桂吾儿，降了大顺吧！降了吧……你总不会眼看着老父妻儿身首异处吧……"

城下。
吴三桂紧咬下唇，唇上渗出血珠，半晌才答：
"……为父既不能尽忠，儿也不能尽孝了。三桂誓不降贼！"
城上扔下颗人头。
士兵捧给吴三桂。
三桂痛呼："父亲！"从马上跌落。
城上又扔下颗人头。
吴三桂验之："哦，爱妻……"泪下。
城上连连扔下许多人头。
吴三桂一一验看，汗如雨下，布满血丝的眼睛发疯般地大睁着："有没有圆圆？圆圆？！圆圆！？……有没有……"他粗重地喘息着，用力地扯开胸前的袍襟……

吴府。
细软金银、大小箱笼纷纷向府外抬去，装上马车。

花园中。
陈圆圆斜倚轩亭，凝望着一池碧水。

刘宗敏大步走来:"吴三桂好大的火气!"

陈圆圆:"你不该把我的话当耳旁风。不然,大顺这皇位总不至于才坐了一个多月……"

刘宗敏:"圆圆,跟我走吧!我会好生待你。"

陈圆圆:"刘将军粗犷豪爽,勇武过人,堪称英雄好汉。"

刘宗敏:"啊哈,相处多日,你第一次这么夸我!圆圆,你决意跟我西去喽?"

圆圆:"我随你去了,吴三桂必定穷追不舍;你把我留下,倒是最好的缓兵之计。将军,这回你该相信我的话了吧?"

刘宗敏:"美人儿!没想到你还有一肚子鬼道道,是个摇羽毛扇的好坯子,可惜你是个弱女子……"

陈圆圆叹道:"功名利禄,荣华富贵,都是过眼烟云。只有信义二字是长留于世的。"

刘宗敏:"可也不假,一转眼美人就要离开我,真不知什么滋味。想你也禁不起军旅劳苦,你留下吧!我刘宗敏也是讲信义的。只是那吴三桂,反了大顺又叛了大明,有何颜面去见国人和祖宗?那信义二字又该从何说起呢?嗯?"

陈圆圆顿时语塞,垂首思索,颓然坐下。

北京城下。

刘宗敏与吴三桂在马上交锋。

仇人相见,分外眼红。数十回合不分胜负。

锋刃铿锵相击,在阴云下溅起明亮的火星。

马蹄杂沓,纠结裹挟,翻搅起一股股黄尘。

惨白的日头在阴云中时隐时现。

有人大喊一声:"清兵上来了!"

刘宗敏稍一分神,被吴三桂趁隙刺伤了他的左肩。刘宗敏负痛败回阵去……

清兵冲进京城……

吴三桂在吴府前跃下马背,跑进府内。
到处是零乱的器物,横陈的尸体。
他在一重重院落里高喊"陈圆圆"的名字,声音中带着困兽的凄厉。
阴森的楼宇、空旷的庭院传来空寂恐怖的回音……
他扑进内院,冲上楼去,在卧室前收住脚步……
卧室陈设依旧,更引起三桂伤感。
他蹒跚着来到卧榻边,重重地坐下,徐徐俯下身去,在锦衾上嗅闻陈圆圆的气息……有顷,他才起身走到圆圆画像前,伫立良久,眼里噙着痛苦的泪水……

吴府门外。
三桂已在马上,嘱令随员:
"我去追闯贼。你留在京城找圆圆,找到后驰马飞报,一刻不得延误!"
随员们诺诺连声。
吴三桂策马驰去……

胡同里。
陈圆圆一身平民装束,低首敛眉向前走着。
迎面过来两个汉子,不怀好意地朝她笑着。

她扭头往回走，汉子们尾随其后。

圆圆在拐弯处扔下一个钱袋。

一个汉子上前打开钱袋，另一个与他争夺。

陈圆圆慌忙中推开微启的庙门，闪身进去，关好庙门，靠在门扇上娇喘不迭。

大殿内走出个衣衫破旧、面目清癯的书生，打量圆圆，失神惊叫："圆圆？"

圆圆也大出意料："……白公子？"

白公子："你怎么飘零到这里？"

圆圆："你怎么流落到京城？"

白公子急切地："你呢？"

陈圆圆情急地："你呢？"

白公子："说来话长……"

陈圆圆："一言难尽……"

两个汉子猛敲庙门：

"开门！开门！几个铜子儿就把爷们儿打发啦！开门！快！"

外面猛力撞门，朽腐的门栓行将断裂。

两人急得团团转。

眼看门栓将断，白公子从殿内拿出两根木棒，一根给了圆圆。两人各站庙门一侧。

门轰然推开。

白公子闭住眼一棍打倒了前面的汉子。

没等陈圆圆哆哆嗦嗦举起棍子，那后面的已扑向白公子。两人扯着棍子推来搡去。

白公子弱不禁风，顷刻间已被按倒。

圆圆举起棍子打去，谁料白公子突然翻上来，差一点打中他的头颅。幸亏他就势倒下,那一棒正中汉子的面门。汉子昏厥。棍棒落地。陈圆圆已瘫作一团,颤抖不已,汗水和泪水流在一起。

大殿内。
白公子、陈圆圆在昏暗的夕阳下相对而坐。
白公子:"父亲要我到京城来投亲,补个缺,偏逢战事频仍、兵荒马乱……也是缘分未尽,落魄流离中竟然与你重逢……圆圆,你神韵不减,姿容依旧,一向可好?"
陈圆圆:"……姿容依旧么?妾已不再是秦淮河上操琴度曲的圆圆了……"
白公子:"此话怎讲?"
陈圆圆:"圆圆已历经沧桑……田国丈以重金赎我,将我奉献皇上。皇上方寸已乱,把我赐还行将就木的国丈做小妾。吴三桂从田宏遇那里要走了我。可他刚离京畿,我就被刘宗敏掳了去……公子,当年的圆圆如轻烟流云,不复存在。在你面前的只不过是行尸走肉而已……"
白公子:"你太伤感了。吴三桂对你倒是一片赤诚。京城盛传他此次引清兵入关就是为了……"
陈圆圆:"作为一个女子,有一血性男儿为她不顾一切,该何等满足!可三桂为我做得太多了……唯其如此,三桂再也不是我的偶像,我的英雄了……"
白公子:"唉,他是不该不顾身后名节,把江山拱手让给了满清。"
陈圆圆:"往事不堪回首……早知今日,何必当初?他为了我去改变历史,我却没有力量去改变他……"
白公子:"圆圆,我虽清贫,我虽无能,爱你之心,日月可鉴。你不如随我南归,离开这是非之地,过几年采菊东篱下的田园生活……"

陈圆圆注视白公子有顷,眼中泪水盈盈:

"郎心依旧,妾心已碎。可惜,时光不能倒流哇……"

白公子:"……你饿了吧?我去找些食物来。"

圆圆从怀中拿出一锭银子给白公子。他迟疑再三,才愧疚地将银子收入袖内。

白公子走出大殿,开了庙门去了。

陈圆圆依恋地望着他,随后起身去掩上庙门,缓缓走到一棵树下,将一幅白绫搭到树杈上,挽了个结,把洁白细嫩的颈项向绫圈伸去。

一阵杂沓的马蹄声后,庙门大开。

几名吴军官兵走进寺院。

圆圆慌乱中跌坐地上。

官兵们齐声喊:"就是她!"

流星马在长城下飞驰。

古寺。

白公子捧着食物走进敞开的庙门,一眼看到树上的绫圈。

食物滚落地上。

白公子失声:"圆……圆?圆……"晕厥倒地。

歌声弱起:

  白下青溪　桃叶渡口
  淡粉轻烟十六楼
  一笑倾城　名姬回眸

红莲绿水结伴游……

　　白公子晕厥的画面上叠印秦淮河上儿女情长的朝朝夕夕……

　　流星马在长城下飞驰……
　　流星马追上了吴三桂的军队，
　　"陈圆圆找到了！"
　　吴三桂："在哪里？"
　　"在京城。"
　　吴三桂大喜过望："立即护送到此！"转令部将，"停止追击，就地驻扎。两天内搭起彩楼，我要犒赏三军，以册封王妃的规模，在军旅中举行婚典！"

　　长城下。
　　护卫们前呼后拥护送着陈圆圆乘坐的马车。
　　陈圆圆怅然望着窗外景色：蜿蜒起伏的长城，黑森森的危崖峭壁，在岩石上哗哗奔流的河水……

　　流星马不断向吴三桂飞报陈圆圆进程。

　　吴三桂热辣辣焦盼的眼神叠印着马车驶过干涸的河床，驶过荒无人烟的不毛之地，驶过地貌破碎的黄土丘陵……

　　彩楼上。吴三桂身穿猩红丝绒战袍，头戴紫金冠，腰佩长剑，脚蹬绣鸾战靴，引颈远望。
　　他看到：长城上低悬着巨大的落日。

黄土岗上出现长长的骑乘，一字排开，逶迤而来……

黄土坡。
陈圆圆在轿内听到有人招呼：
"绛州到了。请更衣换乘。"
陈圆圆下轿，一脸倦容，茫然四顾，荒凉落寞。

彩楼上。
长城落日下一线骑乘已渐走近，在夕晖下闪闪烁烁。
乘骑中颠荡着一簇艳丽的红色。那就是马背上换了一身红装的陈圆圆。
吴三桂隐约看到了朝思暮想的心上人，怦然心动，难以自制，脱口喊了声：
"圆圆！"
只听得一声令下："仪仗出迎！"
军营中走出白马方阵、乌马方阵、黄马方阵、红马方阵，骑士分别穿着白、乌、黄、红盔甲，浩浩荡荡齐齐整整向前迎去……
一身红装的陈圆圆已蒙上红盖头。
白马、乌马方阵在前，黄马、红马方阵在后，簇拥着她向彩楼缓缓走来。两厢的士兵点燃火炬，烛照原野，发出山呼海啸般的欢呼……
吴三桂兴奋地走下彩楼，搀扶圆圆下马。
圆圆连日疲劳已不能站立，脚下一软，几乎倒地。三桂搂定她，见她步行不便，索性双手一抱，搂在怀里，踏着红毡径向楼上走去……
士卒们一片欢腾……

副将们跟上楼去:"将军!仪式尚未完毕。"

三桂回身笑着:"新娘旅途劳顿,以下仪礼免了吧!你们自去喝酒吃肉,犒赏士兵……啊?"诡谲一笑,径自走进新房,把圆圆放在帐帷中,转身关上房门。

他呼地长出一口气,大步走向帐帷,轻轻撩去红盖头。

陈圆圆一路日晒风尘,两颊潮红,别具一番娇媚。

吴三桂:"心肝,你真美!你吃苦了!你受惊了!你把我想疯了、急疯了!"随即雨点般大声地亲其额、其腮、其脸、其唇。笑了又哭,哭了又笑。

陈圆圆愣愣地看着他痴迷疯癫,大喜大悲,却显出哀怜忧郁、心神恍惚的样子。

三声礼炮使陈圆圆打了个寒战。三桂也从痴迷中醒来。

三桂:"爱卿莫怕,是礼炮,不是李闯,逆贼早给我打得望风而逃了。"

三桂这才搀着圆圆的手走出绣闱。

"你一路风尘,我一身烽烟,军旅婚典,气势宏大,前无古人,是我为你精心安排的。爱卿,新婚之夜,你我共饮三杯!"

圆圆随三桂落座,才看到迎面挂着自己的画像,不禁为之一震:

"这画像……"

三桂:"在京城找你无着,忧心如焚。只有随身带着画像,夜静时与卿独处,倾诉思念之苦。圆圆,你是我的生命,为了夺回你,我已无法自制。周身的热血不分昼夜向心口向头颅冲撞……只有现在重新得到你才治好了我的疯病……"

圆圆被打动,举起酒杯,手轻轻颤动:"三桂,喝了这杯。"

三桂饮干。圆圆沾唇,为他把盏。

圆圆:"三桂,奴妾平生第一次被须眉男子疯狂地爱恋,爱恋到全然不顾眼前和身后,是我始料不及的。身为一个女人,吾愿足矣!"

三桂激动:"爱卿知我!爱卿知我!"仰头饮尽杯中酒。

圆圆:"难得看到你如此开怀……回想暮色中宏大整肃的三军仪仗;再想到别后几番沧桑,圆圆深感与将军相知太晚。"

三桂:"不晚,不晚!我还没见到你,就不惜为你倾城倾国。"

这些话既使圆圆满足,也触到了她心灵的创痛,她无可奈何地望着他,将酒一饮而干:

"三桂,你!"深深闭上双眼。

三桂:"连日赶路,早点安歇吧!"

与圆圆携手来到帐帷中,为她宽衣解带。

一件件锦袍绣衫从帐帷中飘飞而出,款款而落……

三桂狂热地吻着圆圆……

闭着双眼的圆圆流出两行泪水……

三桂:"圆圆,你哭了?"

圆圆长叹:"……三桂,我这是……这是……乐极生悲了吧?乐极……"

三桂温柔地吻去她的泪水:

"我不愿看到你流泪,也不能看到你流泪,不能,不能……"

圆圆:"……我原盼望,随了英雄,流芳百世……如今,我们一起下了地狱,永劫不复……"

三桂一骨碌翻身起来:

"圆圆!我吴三桂没有卖国!是满清背约,占了北京,还要做中国皇帝,如今木已成舟,三桂痛悔不及……"

圆圆睁开泪眼:"三桂!"看了看勾着头裸着上身的三桂,"奈何?……"

吴三桂："唉，通权达变，方为大丈夫，爱卿放心，只要我活着，就要反清复明！"

圆圆忽地坐起来，扑进三桂阔大厚实的怀抱，紧紧搂着他，嘤嘤抽泣……三桂亲吻抚爱，倍加怜惜。

两情绸缪，如胶似漆。三桂、圆圆在爱河中迷醉、失落……

陈圆圆画外音："他的情爱像炼狱之火熔化了我……毁灭了我也毁灭了他自己。这个男子太可爱，也太可怕，引起世人愤恨，却叫我不忍离去，不忍……离去。"


昆明野园。

这里在大兴土木。

三桂与圆圆在亭上观看工匠们修筑园林。

三桂："爱妃，我要在昆明造出一座姑苏园林，让你置身其间如居故里，安心陪伴本藩，永不思念故乡。"

圆圆："王爷对奴妾钟爱备至，妾无以报答。"

三桂指指园林各处："有不合意处爱妃可示知监工。定要惟妙惟肖，尽善尽美。"笑。

圆圆："大王！"

三桂："嗯？"

圆圆："可否……"

三桂："什么？爱妃……"

圆圆："可否在野园一隅修几间净室？"

三桂："修净室何用？"

圆圆："圆圆以一旧院歌妓到如今成为平西王妃，已极尽荣华。妾恐终日伴随大王酣饮歌舞，使大王沉溺声色，不知奋发，忘记国耻家恨……"

三桂:"哦!"

九曲桥上传来莲儿的笑声。她一身缟素,清新淡雅,与塘中莲荷相映成趣。

三桂:"八面观音……"目光早凝在秀丽婀娜的妙龄莲儿身上。

竣工后的野园。

一群妃妾簇拥着吴三桂。平西王如彩蝶在百花丛中,应对不迭。

他们走进轩厅。

吴三桂讲了声:"我要写几个大字。"

妃妾们立即忙做一团:有的启砚,有的铺纸,有的摆镇尺,有的研墨,有的开笔……

一切停当,三桂挥毫写下四个大字:野园仙踪。

三桂将笔一掷,女人们顿时一片赞叹。

莲儿拿出金石印泥,在落款处盖印。

三桂环顾左右:"圆圆呢?"

有人说:"必是又躲在房里操琴读书了吧?"

莲儿:"王妃说,为庆祝野园落成。她要亲自下厨为王爷烧几样拿手苏菜,给大王换换口味……"

三桂:"哦!姑苏园林配以苏式佳肴,难得圆圆如此体贴入微……"

野园幽阁。

吴三桂啧啧观赏着桌子上的各色肴馔。

陈圆圆走来,用绢帕轻抹额角细汗:"大王,怎么还不下箸?"

吴三桂:"我等爱妃一起下箸。这每一道菜都是一幅精美图画,本藩舍不得弄坏了你的精心之作。"

陈圆圆给他夹菜：

"这幅画没了，到大王腹中又合成一幅，永留心中。吃。"

吴三桂哈哈大笑：

"本藩妻妾成群，只有爱妃妙语连珠，令人开怀！"

陈圆圆为他斟酒："莲儿呢？"转身唤侍女，"快把莲儿请来。"

吴三桂："你我独处，岂不更好？"

陈圆圆默然："……我老了，事事力不从心，想是今生尘缘已尽，不能再陪伴大王……"

吴三桂："圆圆？你……"

一阵甜甜的笑声之后，莲儿从外面进来："王妃找我？"

圆圆："来，尝尝我的苏莱。"

莲儿挟起一只圆子，咬了一口。

圆圆："如何？"

莲儿："清香甜糯，就像置身太湖，闻到了十里荷香……"

圆圆笑了，为三桂、莲儿斟酒：

"妹妹，你正当妙龄，饱读诗书，姿色才情都胜于姐姐……"

"姐姐！"莲儿娇嗔，斜睨三桂一眼。

圆圆举杯："野园竣工，净室已成。从明日起，圆圆束发修道，就是出家人了。"

三桂："爱妃，你尽可吃斋诵经，怎么就出家了呢？"

圆圆："奴妾出家已经晚了。皇上把我赐还国丈，就该出家；北京陷落，阖府蒙难，就该出家；李闯败逃，满清进京，就该出家……"举杯邀三桂、莲儿，一口、一口、又一口，终至饮尽，稍顿，"莲儿，圆圆去后，劳你侍奉大王于朝朝暮暮。大王年事已高，饮食寒暖，要悉心关照。"

莲儿："姐姐……大王把我全当孩子，哄着逗着。你还是暂不要出家。侍奉大王之事,小妹实难胜任。"

三桂感慨万端:"爱妃之言语重心长。三桂听了,亦觉汗颜。难为你一柔弱女子尚知顾全名节……你既然去意已决,三桂也不勉留。……爱妃,为我们多年恩爱,共饮一盅吧!"

四目相对。默默无语。

对饮之后,三桂黯然。

圆圆转过泪眼,站起身来,悄然离去。

昆明野园净室。(陈圆圆暮年)

药炉经卷,香烟弥漫。

陈圆圆在虔诚地默诵经文。

杂沓的脚步声。

然后是老尼的声音:"平西王许久未来,一向可好?"

吴三桂:"终日操练兵马,精神反觉健旺。"

吴三桂须眉花白,一身戎装,走进净室:

"圆圆,本藩接你来了!"

圆圆:"我已出家,接我做甚?"

吴三桂:"接你去做我的皇后哇!"

圆圆睁开眼:"什么?……大王要做皇上了?我耳有些背了,想是听错了吧?"

吴三桂:"爱妃没没有听错。三桂是要称孤道寡,做大周的皇上啦!想来想去,只有圆圆你做皇后最合我意。"

圆圆:"大王可是忽发奇想?"

三桂:"我曾于新婚之夜、枕席之间向你起誓,定要反清复明,以正视听。爱妃出家后,我日夜操练,枕戈待旦。清廷把我看作异端,下令撤藩,削我王权。三桂岂能坐以待毙?我就此联络藩王们兴兵北伐，就是灭不了满清，也要割据一方，做个南国皇帝。"

圆圆："……三桂……大明已亡……太后、永历帝被赐死篦子坡，国人齿冷，对你微词甚多。叛了明朝，再逆满清，大王何以对后世儿孙？三桂，你已届暮年，须眉染霜，不如抛却功名利禄，尘世纷争，泛舟五湖，过几天清静逍遥的日子……你看如何？"

三桂默然，少顷复抬起眼睛：

"……我已无路可走，生死存亡，在此一举。自古以来，成者为王，败者为寇。三桂倘不能万世流芳，也要争他个遗臭万年！"

陈圆圆倒吸一口气，像面对陌路人似地打量着他。

吴三桂走出两步又返回来。

"爱妃不愿随我，我不强求……"

他拉过圆圆的手，轻轻抚弄，

圆圆神情木然，似乎三桂不在眼前。

三桂直视圆圆，眼神中流露着执拗、悒郁和眷恋，终于，他长吁一声：

"此次一别，或成永诀……望卿保重……"放下圆圆的手，转身离去。

圆圆呆滞地站在那里，怅然若失。

她的心声："……我原以为：三桂所作所为都是为了我，都该归咎于我……今日大梦初醒，我面前已是一片苍茫暮色。是的，他曾为我痴迷癫狂过，可是真正叫他痴迷癫狂的，是高耸云端至高无上的皇位，皇位……"

她闭目打坐，眼角噙着清泪……

孤灯黄卷，烟雾迷蒙。陈圆圆手捻佛珠，动作显得神经质。

歌声起：

……自悔当初辜情愿，经年别，两成幽怨……

歌声中映现如下画面：
旌旗飘舞，杀声震天，吴军攻城夺池……
衡州城兴建中的皇宫。
画外对话："琉璃瓦不能如期运到。"
"嗯？传令在殿瓦上涂染黄漆……"
画外对话："皇上即将登基，朝房已来不及构筑。"
"用芦席搭制大棚，务必在登基前竣工！"
工匠们赶搭巨大的芦席朝房……

皇宫、朝房均已竣工。

吴三桂须眉皆白，目光炯炯，志满意得。
他冠冕旒，衣龙袍，高视阔步，登坛祭告天地。

吴三桂步入皇宫，升阶，登基。
百官朝贺，山呼万岁，回声经久不绝……

突然间狂风大作，天昏地暗，雷电交加，暴雨如注。
瓦上黄漆被雨水冲走……
朝房芦席被狂风卷得漫天飞舞……
歌声大作：

……感离愁倍加肠断，今咫尺天涯。莫言心曲空回看。
恨今日徒相见。

昆明野园净室。

陈圆圆闭目打坐,眼角噙泪。

叠印雨水冲刷殿瓦上的黄漆,狂风卷走朝房芦席。

陈圆圆泪痕已干。

她无怒无怨无悔无恨,满脸空寂落寞,在一片虚空中圆寂。

朝房芦席飘飘落地……

殿瓦上滴下最后两点黄漆……

金陵旧院。

老态龙钟的白公子仍是一领白衫、两袖清风。他徐徐走来,在铜环斑驳的木门前站了站,轻扣两下。

门吱呀地开了。

开门的是一脊背微驼的老妇。

白公子眯起眼睛,忽然叫了声:"杏儿!"

"你是……"

"白……"

"你,白公子!请……"

白公子走进院落。老梅尚在,青竹已无。

白公子:"翠竹呢?"

杏儿:"枯死了,已作柴薪。"

他们走进破损的小楼。

白公子望着空空的鹦鹉架:

"鹦哥呢?"

杏儿:"卖掉了。"

白公子:"外婆呢?"

杏儿:"回昆山老家后去世了。"

白公子登楼,进圆圆室,旧物大都不复存在,摇头叹息:"圆圆呢?可有她的消息?"

杏儿:"圆圆前时在昆明野园庵中……圆寂了。"

白公子:"圆寂了?……圆寂了……"

他复又来到院中,呆望老梅,转向菜园……恍惚间,菜园又变成篁篁竹林。

圆圆的声音:"我的曲子只唱给三种人听。"

公子:"哪三种人?"

圆圆的声音:"天下有心人,天下伤心人,天下多情人。"

公子百感交集,声音苍老而颤抖:

"我是有心人,又是伤心人,更是多情人。唱吧,圆圆……唱吧,唱吧!"

歌声起:

  白下青溪　桃叶渡口

  淡粉轻烟十六楼

  一笑倾城　名姬回眸

  红莲绿水结伴游

  公子王孙　裘马轻狂

  浪掷千金恋温柔

  翩翩白衣　又度新声

  忍抛浮名醉红袖

  怎道是灯船十里耀秦淮

  金陵佳丽不解愁

  君不见楼馆劫灰　云散风流

桥边独剩多情柳

　　名士青山　美人黄土

　　江南旧梦怎回首

歌声中旧景重现，依约当年。

秦淮河上，白公子孑然一身重游故地的身影渐渐远去……

**剧终**

一九九〇年三月二十八日——四月四日

　　锦屏山桃花涧潇潇春雨时成稿

一九九〇年九月十五日——九月十九日

　　金陵城 AB 楼绵绵秋雨中改定

（原载《剧影月报》总第一七五期）

# 百年梦幻

## 上 篇

片头。

连云港南城凤凰山。

凤凰山下古老的巷陌。

夕照中,残破的或粉刷一新的墙壁和屋檐困窘地不无苍凉地向来访者弥散着明清遗韵……

画外音:"对于你我,这条小巷太古老、太残旧。是的,风流云散,一切已成为过去。一百二十年前,在江苏海州南城这条寻常巷陌生下了一个男孩……

古老巷陌叠印老式雕花木床和一个呱呱坠地的男婴。

画外音:"或许因为家道中落,这位明朝武将的后裔有了更多直面人生、体察民间疾苦的机会。于是,凤凰山下这方寸之地竟产生了一位名闻遐迩的大水利学家武同举。"

呱呱坠地的男婴叠印洪水肆虐,苏北一片泽国,叠印青年武同举勘测于高山大河，中年武同举在会议上大声疾呼、在暴风雨之夜奋笔疾书，老年武同举登上焦山把酒临风，祭奠爱子的情景。

最后呈现出他的数本著作（线装的和铅印的）——

《两轩剩语》

《淮系年表全编》（四册）

《安徽通志水系水工稿》（四册）

《江苏水利全书》（十二册）

和一系列论文、图表、专著。

仰视如丰碑，俯瞰如高崖。

画外音："武同举著作等身，在呼号奔走和伏案劳作中度过了七十二年的人生。此刻，他辗转于上海海防路寓所的病榻之上，他将不久于人世。他取得了常人难以企及的成就。可作为一个人，一个五尺男儿，他可曾深深地埋藏和蹉跎过那永不再来的天伦之情？"

雕花木床上呱呱坠地的男婴叠印上海海防路二楼寓所缠绵于病榻上的苍老衰竭的武同举……

片名字幕：**百年梦幻**

歌声：

一辈子只做了一个梦，

一个梦一辈子没做完。

千百年都在做这个梦，

这个梦千百年未能圆……

上海海防路寓所 1944 年（字幕）

二楼寓所武同举卧室。

武同举躺在床上，他已年过七旬。

寒热病煎熬着他,使他神思恍惚,似睡似醒。

床对面墙上挂着大太太吴氏遗像。那瘦削的瓜子脸上,一对略微凹陷的明澈的眼睛,郁郁地,似有许多沉淀在心底没有说出的话……

年过六旬的二太太崔氏,推开房门拎着中药进来。她的脸呈鹅蛋形,显得外向,没有那么重的心思。

武同举:"你下楼去了好久……我在这儿眼巴巴……等了你……半辈子……"

崔氏:"等急了?气闷了?哦哟!舍不得雇黄包车呀!药房可真远。天热死人!"

"好些吗?"捂其额,皱了皱眉,从旗袍大襟上掏出手帕为丈夫揩去虚汗。

武同举:"我问你,今天是什么日子?"

崔氏:"什么日子?跟昨天一样的日子呀!"

武同举:"唉,你连大太太的忌日都忘了……"

崔氏:"哎呀,该死,我整天瞎忙,早把几月几号礼拜几都丢到脑后去啦!"

武同举:"花呢?花……为什么没有……"

崔氏:"什么花?"

武同举:"她最喜欢的栀子花,栀子……没有?快,快去买,去呀!"

崔氏,"哎,就去。你不要急。千万别动肝火……我给你把药煎好就……"

武同举:"太平药,吃不吃都一样。去吧去吧……"

崔氏转身端起水瓶给丈夫倒水:

"医生说要多喝水,多休息,少烦神……"

武同举焦躁地挥手:"去吧去吧!你怎么这么啰唆?"

崔氏将水杯放在武同举床前,转身回眸时可见她倏然闪现的泪光。

武同举早将目光移向吴氏遗像,搜寻那些沉没在记忆深处的往事……

歌声弱起:

忆故乡
最忆是海州
南城小巷栀子香
装点云鬟犹带羞
看花不觉黄昏后
黄昏后

光绪末年南城(字幕)

青年武同举手握磁针盒,肩悬一布袋,在小巷中往返步测,口中念念有词。

俄尔,至巷口,从布袋中拿出测器,打开自制的木质三脚架,从窥器中望着瞄准器,在川字形与横线交叉处便是凤凰山。

他又找出一本书——上海制造局编译的《测量》——扫了几眼,又向瞄准器看去。他目瞪口呆,《测量》书随之失手落地。

原来,他在瞄准器中看到的不再是凤凰山,而是一张闪着郁郁眼神的少女的瓜子脸。

武同举直起身来:"哎,你……"

那少女一惊,从瞄准器另一端抬起头来:

"啊?我,你……怎么总在我家门口转?还,还搬来这么个怪东西！？"

武同举："呃，嗯，我……我在做实地测、测量。"捡起书，心疼地掸去书上的灰土。

少女："什么叫测、测量？"

武同举比了几下手势，窘迫地瞥了她一眼，"……一句两句说不清。"歉疚地一笑。

少女："是不是要画一张大地图，把我们南城，连灌云，带上海州城都画进去？"

武同举："比这还要大，……哎，你怎么知道？"

少女："你是鼎鼎大名的武举人吧？"见武惊异、默许，便施礼，"小女失礼了。"

武同举忙还礼："武同举，字霞峰，武举人正是在下。敢问小姐贵姓？"

少女："民女姓吴。"

武同举："什么东西这么香？"

少女将瓜子脸一转，鬓间插着两朵栀子花，脸陡地红了，瞟了他一眼，深深埋下头去：

"……栀子花，你也喜欢？"


彤云四起的村野。

武同举在村野测量。饿了，掏出干饼咬了两口，艰难地咀嚼着，摇摇水葫芦，仰起头，倒出几滴水滴在口中。

他环顾四周，咂咂嘴："有点水就美了！"

忽然响起一阵紧锣。

只见一黑壮青年边敲锣边喊：

"大堤决口子啦！快上堤呀！都去堵决口哇！"

敲锣青年吆喝着向大堤跑去。

武同举早已收起三脚架背上布袋跟在青年后面跑起来。

村民大哭小喊，扶老携幼，作鸟兽散。

那青年敲了一阵叫了一阵跑了一阵，一回头后面只跟着一个蹒跚奔跑的陌生人——武同举。

"你来干什么？一个书生家！"他把铜锣狠劲一摔，"人人自顾自，算了算了！"

洪水已漫向田野。

武同举进退维谷。

青年："还不快跑！"

武同举回头走去。

青年："跑哇！这时候还耍斯文？"在武身后猛推一把。

武同举调头一看吃了一吓：转眼间洪水已大有席卷之势。他当即拔腿快跑起来。

青年在前，同举在后，洪水紧随其后淹了村庄。

武同举气喘不迭，仍在勉力支撑。

青年噌地一蹦，爬上一棵大树。

"快！上树！快呀！"

洪水已近在咫尺。

武同举把布袋递给青年，撩起袍襟，双手攀着布袋一端勉力向上爬去。洪水在最后一瞬漫过树身。

他们各倚在一个树杈上。

喘息稍定，武同举打量那青年：

"深谢搭救之恩，请问尊姓大名？"

"就叫我有福吧！"

"小可武同举，南城人，老兄怎么没有照应家小？"

"光棍一条，人走家搬。"

"哦，……往后怎么办？"

"等洪水退了再说……饿极了，就逃荒。有亲的投亲。我这灶王爷贴在腿肚子上的……"惨然一笑，"四海为家……"

武同举放眼四外，平原已化作一片汪洋。

附近一棵树下，有人喊救命。

他俩转眼看去，一个女人搂着树干，被齐腰深的水流冲得歪歪斜斜。

青年纵身下水，凫过去，挟起那女子游回大树下，又将她双手托起，武举人伸手用力上拽，才将女人拉上树。武一闪身，险些栽了下去。

两人稍一定神，几乎同时惊呼起来：

"武举人！？"

"吴小姐？！"

武举人见吴氏少女头上胸前戴的插的栀子花好不热闹：

"你这是……"

吴氏不由地理理鬓发，抻抻衣襟，不无羞涩地："偷花……"

武同举："好兴致！"

两人这才想起有福，只见有福被洪水卷走，抱着一根房梁顺流而下。

武同举大叫："有福！有福！"

有福闻声回头："我去找船！找——船！"

吴氏少女："……他要是回不来，可怎么办？"落泪。

武同举："我有干粮。"掏出干饼，"比你那栀子花管用。哦，好香……这味道是不是也能充饥？"

吴氏破涕为笑。

一片汪洋中，大树的两个枝杈上倚着一男一女……

一辆骡车载着武同举在南城街巷中缓缓行驶……
街头巷尾，人们好奇地、巴结地、妒羡地仰望着议论着，
"武举人进京赶考去罗！"
"这番高中该是什么啦？"
"进士嘛！"
"进士往上就是状元公了吧？！"
骡车拐进那条僻静的小巷。
蓦地，一束栀子花落进车中。
武同举一愣，抬头见一扇临街小窗刚刚掩上。窗后一侧是那位吴氏少女。
武同举捧闻花束，花香使他沉醉，激动地高举花束：
"小姐！彩球！这彩球可不是随便可以扔的！"
窗后少女掩面回身。
武同举高声笑着随骡车远去……

吹吹打打的喜庆音乐令人心花怒放。

洞房里。
两只微颤的男人的手掀开红盖头。
盖头下露出吴氏含羞的笑脸，那笑容显得恬静而又忧郁。
吴氏抬眼看到的是英俊厚朴的新郎武同举。
新郎似乎有意让开身，让新娘看到意想不到的情景。
吴氏眼中果然出现惊喜万分的神情，樱唇半启，眼睛发亮，娇小的身子不由自主地站了起来……

新房里布满了洁白如雪的栀子花,只有龙凤花烛和幔帐是红的。

吴氏一阵惊喜后无限感激地仰望武同举。

武同举似乎得意于这一效应,深情地凝视娇小可人的新娘,撷两朵栀子花,笨拙地插在她鬓边。

吴氏就势偎在他宽阔的怀中:

"霞峰……"

"嗯。"

"栀子的香味也能充饥?"

他们相视莞尔。

吴氏:"哟——"

武同举:"怎么啦?"

吴氏:"我把自己拧疼了。"

武同举:"嗯?哦——不用拧!这不是梦境,全是真的。为了纪念我们的邂逅,我们在大树上奇特的重逢……我的傻姑娘……从今以后,你我百年恩爱,永不分离……"

吴氏眼中泪光闪闪。

武同举:"你怎么啦?"

吴氏:"……我还是……不敢相信。"

武同举用袖角润去她睫毛上的泪水,携起她的手,拥着她走向鲜红的帐幔……

鸳鸯枕畔,栀子花散发着芬芳。

他们并肩躺在床上,显得兴奋而又拘谨。

武同举把花放到她腮边。

吴氏把花放到武同举腮边:

"你真有心……"

武同举摇头:"难得有心。长这么大就这一回。我要让你永远记住这个夜晚……"

吴氏:"永世不会忘记,到老,到死,到那个世界……"

武同举激动地俯身吻她……

她深深地闭上了双眼……

歌声:

> 忆故乡
>
> 最忆是海州
>
> 轩窗落下花一串
>
> 倩影方去又回眸
>
> 相约来年金麦熟
>
> 金麦熟

雨中河上。

河水上涨,随时都会漫过桥面。

武同举打着一把油纸伞,站在船头,忧心忡忡望着湍急的流水和岸上慌乱的百姓。

沭阳1904年(字幕)

船靠码头。武同举下船,沿石级上岸,走进市声嘈杂的街市。

雨仍在下。

徐葆愚寓所。

有人敲门。

徐葆愚冒雨穿过天井去开门。

门外，大雨如注。红油纸伞下站着身穿长袍马褂的武同举。

徐葆愚惊呼："天哪，是你！？我的老兄！"

徐家客厅。

徐葆愚："在洪水中行船是性命交关的事情。你怎么会有这等雅兴，冒着大雨来沭阳寒舍借书？"

武同举："急于要看，又买不到。研究江淮水系，实在离不了它。"

徐葆愚："那就不能稍待几天？痴子，痴子！真是个叫人哭笑不得的书痴！听人说，当年李鸿章勘阅黄河，你老兄竟然紧追不舍，把钦差大臣随身带的《实测三省黄河图》也摘抄了一番？"

武同举憨笑："你听谁说的？要做学问，只有这样……是不是？"

徐葆愚抚掌大笑。

女仆上茶。

徐葆愚："快喝杯热茶！"对女仆，"马上烧点姜汤，不不，烫两壶酒，给武先生驱驱寒。"

武同举喝一口热茶："书可在手边？"

徐葆愚佯作不知："什么书？哪一本？"

武同举："《续行水金鉴》呀！"

徐葆愚："对不起，我正在读。我的一篇论著要援引其中的一些文字。"

武同举："哦，那怎么办？我、我改天……再来吧！"欲起身。

徐葆愚喷地一笑："我知道你这个脾气！不过霞峰，这书你可以用……"

武同举坐下，复又憨笑。

徐葆愚："只是你不能带走。"

武同举复又站起。

徐葆愚："慢，别急。我留你十天。我们聚聚。那书，白天我用，晚上你用。行不行？够不够朋友？"

武同举转过身来，望着葆愚，深深施了一礼。

女仆端来花生米、茶干和烫好的酒。

两人眉开眼笑地坐到桌前。

徐葆愚，"你我久违了。蒙兄不见弃，冒滂沱大雨来沭阳借书，不不不，来看我……哈哈哈……哈哈哈！干了！"

武同举一饮而尽："谢谢葆愚兄，知我者，徐君也。来，我们再饮一盅！"

徐葆愚："没想到，转眼间你又豪兴大发！干就干！"

雨打芭蕉，屋檐水流如泉。

武同举："再这么下，百姓可要遭殃啦！"

徐葆愚："沂沭流域，真是多灾多难的地方啊。霞峰，这一方水土养育了我们，我们又能做些什么呢？"饮酒，给武搛菜。

武同举："葆愚兄，我到处借书、抄书，就是为了把前人的资料集中起来，梳理出来，研究历代洪水行洪的规律，找出治理江北水患的根本途径。"

徐葆愚："霞峰，你我不谋而合。真巧，真巧，喝！再喝！"直视武的眼睛，"人生得一知己，足矣！霞峰，凭你这股痴劲，我料定你十年内必有成就。二十年之后，你将成为造福江北的水利学家，海属四县百姓的骄傲！"

武同举："葆愚兄，我们共勉吧！"

徐葆愚："干了！好！今天真是太尽兴了！……哎，听说尊夫人是个美人，怎么不请我徐葆愚喝喜酒呀？你说该不该罚？喝，不，一杯不行,三杯!"

武同举醉眼蒙眬,挥挥手:"……滕,膝下已有一儿一女,你还叫着要喝喜酒!好,喝就喝,今天我们俩一醉方休,如何?"

书斋。雨夜。
武同举打开书案上一只大木盒,从中取出《续行水金鉴》,就着烛光边读边抄,越抄越投入越兴奋……
烛残。烛光渐灭。武同举正懊恼,徐葆愚举着烛台从外面进来,来到书案前,放下烛台,捧起水烟:
"抽一袋,提提神?"
女仆进来:"武大人,我煮了些鱼汤,可要端来?"
徐葆愚:"都五更天了,那还用问吗?端来吧!"
武同举:"扰了你一家上下,真不过意……"
徐葆愚:"这是你该说的话吗?好了,我还得去睡一会儿。"
向外走去。

武同举家中。
吴氏靠在床上给男婴喂奶,身边还睡着大些的女孩。
奶不够吃,婴儿啼哭。

武同举书斋。
书案上堆集着各种典籍、图表。武同举的目光由此及彼,又由彼及此,有时站起身来俯视,有时两眼紧贴字迹不清的图文,继而闭目凝神,忽有所悟地坐下来抄录或临摹……
女仆端一个砂锅走来:"太太睡了?"
武同举随口应一声。

女仆:"给她下奶的刀鱼汤。"

武同举:"嗯,放下放下。"

女仆将砂锅放在几案上旋即退下。

俄尔,武同举丢下笔揉揉眼眶,伸伸懒腰,嗅了嗅鼻子,起身来到几案前,揭开砂锅,喜形于色:"好香!"尝了一口,啧啧称赏。一口又一口,将鱼汤喝尽,又吃鱼肉。

夫人在内室喊;"同举,同举!"

武同举端起砂锅边吃边进内室:"嗯哼?"

吴氏:"刀鱼汤呢?"

武同举;"真香!多亏你想着!我可真饿了……"

吴氏:"那是给我下奶的呀!"

武同举:"哦!那怎么办?就剩……两个鱼头了……"

吴氏:"你呀!唉!"

武同举搔头搓手,嘿嘿地憨笑。

武同举家。

武同举兴冲冲从外而来,由堂屋过书房进内室,把起身迎他的吴氏撞得趔趔趄趄倒在藤椅上。

吴氏:"你!你……唉!"

武同举捧起茶壶咕嘟喝了一气:"太太,大喜啦!"

吴氏:"两个孩子都病了,有什么好喜的?"

武同举打开信筒:"九香先生从北京来函:陇海铁路将由徐州东达海口。"

吴氏:"这么说,火车要通到海州啦?"

武同举:"有可能,还不一定。你看,信上说,特聘法国河海工程师克那纳到海州和海门勘测,以确定铁路终端。在北京的同乡竟然一无例外地公推我为向导！"

吴氏："同举，你没日没夜钻水利总算钻出了名堂！"

武同举："你高兴啦？"

吴氏："夫唱妇随嘛，女人指望什么？丈夫出人头地，女人也跟着扬眉吐气……"

武同举："孩子妈，你该为咱们家乡高兴！有了铁路，海州就该发达起来啦！"

吴氏："同举，孩子一个个都病倒了，你走了我该怎么办？"

武同举："哦，医生说话就到。"

吴氏："医生能白天黑夜守着孩子？"站起来，晕眩，武忙上前扶她坐下。

武同举："你的手好烫……是不是累病了？"

吴氏苦笑："……自从有了这一儿一女，也不知怎么了，身子越来越虚……"

武同举给她一杯茶，自己捧起了水烟袋，将媒子吹出火苗，咕嘟嘟地抽起水烟来，有顷，他说："既然……你跟孩子们都病了……那就缓缓再去吧！"

吴氏喝了两口茶，接过丈夫的水烟抽了一袋："留得住人，留不住心。唉，谁不知道你这人，一天到晚魂不守舍，从来都不是为了这个家……"

女仆进："有一份电报。"捧给武同举。

武同举译电文：

"测量陇海海口洋工程师不日到沪先测海门次测灌河公推武霞峰君向导勘测望即赴沪……"

武同举："孩子妈，看来这事……很急。"将电文往她跟前送了送，"你看。"

吴氏:"还看什么?去吧!我讲的都是婆婆妈妈的妇人之见……"

武同举:"那么……我多留些钱,再雇个佣人,给孩子们抓几服好药,你也吃些补品……"

吴氏无可奈何地瞟了他一眼。

武同举:"我早去早回,你看如何?"

武同举来到床前静观两个熟睡的病孩,用手加其额,复又缩回来,不无焦虑地:

"我去叫医生快些来!"匆匆去了。


备好行装的武同举,来到床前亲吻熟睡的儿子和女儿:

"哦,我的胖儿子,我的漂亮千金……等到海州通了铁路,爸爸带你们坐火车去……"

他转眼望着消瘦病弱的妻子:"事关重大,我不能不去。"轻抚妻的脸腮,"你要多保重……"

女仆进来:"先生,船家催着要开船。"

武同举起身。女仆拎起箱笼先走了。到了门口,武同举转身望望孩子,深深地看吴氏一眼:

"正月十五,带孩子逛逛灯会,买两盏他们喜欢的兔子灯……"

夫人:"晓得了……你放心……去吧……"瞥了他一眼,扭头进屋。


西连岛1913年(字幕)

武同举偕同人周历西连岛。

过山嘴。到镇海寺。察看淡水井,痛饮淡水,连声赞叹。

在庙前湾,又饱览山海形胜。武同举顿生豪情,临风而立:"好地方，好地方！鹰游山、云台山两山屏障。这一带海域虽有浅处，可以浚深，是绝好的避风港湾。真可谓山海形胜，占尽风华。他日若在此开港，其价值不让于胶州湾、青岛港！"

武同举与同人确定测点，植竿于海滨，以测潮涨潮落。

克那纳携妻从一小轮上下来。随员手执一铅、一绳、一测角器。

有人议论："洋人鬼鬼祟祟，独自去测鹰游门，是不是猫教老虎留一手？"

武同举凝神深思，以背相向。

克那纳下船后，旁若无人，与妻子嬉戏拍照。

众皆侧目。

云聚风起，海上白浪飞雪。

译员来到武同举身边：

"克那纳先生说这里近日有大风，要把永翔兵舰驶往青岛避风。"

武同举："译员先生，你说什么？"

译员："去青岛避风。"

武同举："为什么？"

译员："我也曾如此发问，克那纳很不冷静。他要你们自己乘船去灌河口等他。"

武同举："把我们打发到灌河口？等几天？为什么不商量一下？"

译员："事已至此，我很抱歉。武先生拳拳之心，令人感佩。无奈翻译是鄙人职责所在，小可只有随克先生北上了。"

武同举："可悲，可叹，都已经民国了，中国的事中国人还是做不了主，唉！"转身而去，大步登上山峰，任狂风拂面，看排浪撞击岩岸，飞鸣呼啸，溅起千堆雪……

燕尾港林秀斋宅。

武同举独自在书斋中摆棋谱,时而喝一口茶,时而抽一口水烟。最后,"啪"地把棋子一摔,用手一和,站起身来,百无聊赖地长吁一口气。

林秀斋从外面进来:"青岛拍来了电报!"

武同举忙迎上去展读电文:

"明日开赴日照县勘测。何时去灌视气候再定。"

武同举拍案:"真是欺人太甚!等了八天,他们却开到日照去了!"来回踱步,忽然站下来,"秀斋兄,你说如何是好?"

林秀斋:"霞峰,你早年不是测过海州,还测过燕尾港吗?山能量,河能测,海不过就是大一点嘛!仁兄,只要你敢干,我给你打下手。怎么样?今晚咱们喝两盅,冲冲晦气!"

武同举拍其肩:"秀斋,人只有在难的时候,才知友情深浅。兄弟没齿不忘。谢谢,谢谢!我去淮海水师借一条巡船,咱们明天就动手!"

林秀斋:"我干什么呢?"一拍脑门,"我去准备酒菜。今天晚上,咱们比个高低!"

淮海水师十二号巡船驶向灌河口门。

天日晴朗,微风习习。

武同举看测角器:"向东,向东……测!"

铅绳落于水中。

武同举看测角器:"转东北,转东北……测!"

铅绳落于水中。

武同举看测角器:"转东南,转东南……测!"

铅绳落于水中。

叠印武同举在灯前书写灌河口长潮时刻表——

卯酉潮初一、初二、初三、十六、十七、十八。

辰戌潮……

己亥潮……

他兴奋地疾书伴以他的旁白:"此处大湾形势甚佳,若略加整理工程,可寄泊多数大轮,为绝好避风码头。他日开港,蝉联下碇,吴淞之亚也。"

十二号巡船劈波斩浪驶向大沙……

两只酒盅撞在一起,顿时酒花四溅。

武同举、林秀斋仰头饮尽,泪眼相看。转而微笑,低头失笑,望着对方好笑,最后变成畅快的大笑。

林秀斋:"霞峰,我们成功啦!成功啦!"笑出了两行眼泪。

武同举家。

武同举推开家门,顿时呆若木鸡。

堂屋一片白色。正中是两个孩子的遗像。

病歪歪的妻子斜坐在灵前,脸上是已干的泪痕。她愣愣地望着丈夫,似已无力站起来。武同举机械地向前挪几步:

"……怎么啦?这是怎么啦?"

他忽觉天旋地转,晕倒在孩子的像前。

唢呐吹起如泣如诉的音乐,伴之以做道场的声音效果。

一片空白。然后是一片墨黑。

卧室。

床上。

武同举从昏迷中醒来,努力追忆曾发生过的一切,呆望天花板。少顷,扭头见妻在无声饮泣:"……我怎么啦?"

吴氏扑在他怀里哽咽。

武同举抚她的肩:"……哦,老天瞎了眼,夺走我们的孩子……别难过……别伤了身子,我还不老……不老!我们再生!再生……"边说边涌出热泪,用力抽了抽鼻子。

吴氏:"可医生说,我永远不能……生育了。"哭声渐大,变得十分凄厉。武同举紧紧地搂住她。夫妻抱头痛哭。

深夜。床上。

月光如水。

武同举翻身,喟然长叹……

吴氏:"霞峰,你没睡着?"

武同举:"你怎么也……"

吴氏:"我在想……"

武同举:"想什么?……别再去想它了。"

吴氏:"不,霞峰,我想来想去,武家总不能断后哇……"

武同举:"嗯?你……"

吴氏:"再娶一房吧!……啊!?答应我……我会像姐姐一样……待她的。"

武同举:"你?……你?"眼中溢满泪水,冲动地把妻子拥在怀里。

《忆故乡》音乐起……

叠印缠绵于病榻的老年武同举。

武同举的内心独白:

"……为了把苏北的水患治好,让有福们过上有福的日子,我不舍昼夜,不顾一切,到了沉醉痴迷的程度……我付出了代价。这代价太沉重,太撕肝裂肺,无法承受……人生百年,我的梦幻难以成真。我必须延续生命,必须让新的生命延续我未竟的事业……"

重现片名:**百年梦幻**

## 中 篇

上海海防路寓所1944(字幕)

苍老衰竭的武同举泪眼蒙眬地望着吴氏遗像,听见门响,在被头上颤颤地蹭去泪花。

崔氏捧着栀子花进门,径自来到床前,坐在丈夫身边:"多新鲜的栀子花!好久没闻到这香味了。一闻到栀子花香,就像回到了家乡……"

武同举挑剔地看着花,闻闻味,摇头:

"……还是没有咱南城的大……也没有那么香……"摆了摆手,示意将花放到吴氏遗像前。

武同举眯起眼:

"……你说过……到老,到死,到那个世界都不会……忘记……那么,你看见这栀子花了吗?你闻到这气味了吗?……你想起咱们家乡……想起你的亲人……了吗?"说话时面带微笑,似乎吴氏就在眼前一个看不见的地方。

崔氏:"……唉,都病成这样还……你歇歇,我去煎药……"

武同举忽然睁开眼:"回来!"

崔氏回来:"嗯?"

武同举:"少买了一样东西。"

崔氏："没说还要什么呀？"

武同举："那还用我提醒？"

崔氏："什么？"

武同举："红玫瑰呀……"

崔氏感动："霞峰！？"

武同举攥住崔氏的手："……她是有心人，那是你说的。你是好心人，这是我说的，我说的……"

崔氏轻轻地颤抖起来。

武同举："没有你们俩，我就失去一切，现在只剩下一半了……一半了，这一半就是我的一切……你知道吗？"举起发烫的手轻抚比他小七岁的妻子的面颊。

崔氏一串串泪珠滴在他胸前，捉过他的手亲吻，哽咽不语……


暴雨如注。喜乐大作。

一双中年男子的手微颤着揭开新娘的红盖头。于是，崔氏年轻活泼的鹅蛋脸露了出来。她仰视斜睨，看到的是武同举成熟厚朴的脸。新郎似乎有意让开身子，新娘脸上陡然现出大喜过望的神情。

原来，新房中布满了一簇簇一丛丛红玫瑰，使一对新人如飘浮在红云香海之中。

惊喜之余，她用充满爱意的眼神回报新郎。

新郎撷一朵红玫瑰插在她鬓间："喜欢吗？"

崔氏顺势贴在他胸前："你真好……"

武同举抚其柔发："……但愿人长久……"携起新娘的手向红幔帐走去。


洞房外。

吴氏从洞房门外走过,见窗上倩影双双。
她长长吁出一口气,深深地闭上了眼睛。

洞房内。
一对新人同床共枕。
武同举把枕边的玫瑰放到崔氏腮边。
崔氏心醉神迷:"霞峰,你怎么晓得……我喜欢红玫瑰?"
武同举:"我吗?是啊……我怎么会知道?这新房……是大太太……一手布置的。"
崔氏:"哦,姐姐真是个有心人。"
武同举:"有心,实心,好心……"还要讲下去,忽觉不妥才打住。
崔氏:"你很喜欢她……是吗?"
武同举看了她一眼,不置可否。
崔氏:"……她跟我讲,我过门后,她就单住,再不跟你同房。"
武同举:"哦?!"
崔氏:"她说她是姐姐,不跟我争宠,只要我……"
武同举:"要你做什么?"
崔氏把脸转过去:"要我……给你生儿育女。"
武同举一下子把崔氏扳过来面朝着她:
"她真是这么讲的?"
崔氏微笑颔首。
武同举歪起的身子倏然松弛,平躺在枕上,两眼蒙上了一层泪雾:"她,她!她……"吁出一口气。

洞房外。
吴氏含蕴在眼眶中盈盈欲滴的泪水终于奔泻出来。她怕哭出声音,以帕捂嘴急步奔去。

雨声越来越大。

她身后,洞房的灯烛都熄灭了。

洞房里。

一道雪亮的闪电之后响起一串炸雷。

崔氏一下子钻进武同举怀里……

暴风骤雨像在摇撼着整个世界。

深夜。武同举披衣而起,走进书斋,推开窗户,但见河水与岸平,河上飘来房顶、芦席,木箱和一具尸体……

武同举大为震动:"罪孽!罪孽呀!不治理淮河不能解民于倒悬,我要为江北数十县数百万之生灵请命!"

他关上窗户,燃亮灯烛,在案前奋笔疾书……

吴氏轻轻推开新房门,崔氏梳妆已毕。

吴氏:"早饭好了,我给他准备了新浦酱菜、包瓜和磨茄……"

崔氏起身:"谢谢姐姐,我一醒来,他人就不在了。"

吴氏:"哦,他大概又空着肚子去师范学堂上课了。"

清江街头。

难民涌入市区。有的沿街乞讨,有的漫无目标地流窜,有的麇集在车站码头打零活……

已届中年的有福,酱色脸上除了黑胡茬就是晒不到太阳的白皱纹。他正将一块系着麻绳的牌子,套在大女儿桂花的脖颈上。

桂花已有十四五岁。她怨恨地瞥了爸爸一眼,垂下眼去,任泪花洒落在"我卖伍圆"的破纸牌上。

有福妻抱着一个吃奶的,背着一个熟睡的,后襟还扯着一个赤裸的男孩:"有福,别卖了……啊?"

有福:"不卖吃什么?扎脖儿?等死?!"

有福妻:"一家人,死活都在一块堆……"

有福:"胡说!卖一个活一家,她自己也有个吃饭的地方……"把女儿推到街边。

桂花突然叫起来:"不!我不卖!"

有福:"你敢?我,我打不死你!"

桂花撒腿就跑。

有福在行人中穿来绕去追赶:"桂花!回来!桂花!桂花!"

逃到河边,桂花顿了一下,纵身跳进激流。洪水滚滚,转眼间没了踪影。

有福凄厉地呼叫着扑进河中。

武同举带着书本教案路过这里,身不由己地被人流拥到河边。

船家也纷纷出动,用篙和搭钩探寻桂花。

有福在暴涨的急流中几经沉浮终于气力不支。他被船家拽上埠头,趴在那里像具尸体。

有福妻哭喊着冲下埠头:"有福,有福你可不能去呀!不能去呀!"

武同举听到喊有福的名字,便撩起袍襟下了埠头。


有福已被空出水来。

武同举:"有福!?……有福!"转对船家,掏出钱来,"有酒没有?"

船娘捧来一壶酒。

武同举给有福灌酒。

有福醒来，突然坐起来看着河水，噼噼啪啪地打自己耳光。

武同举猛喝："住手！有福！"

有福一愣，转过身定神打量武同举：

"你是……"

武同举："我是武同举呀……十五年前发大水，是你把我拉到了大树上……"

有福："武先生？……武先生！老天杀人啦！你，你可救得了我们黎民百姓？救得了吗？"憋着声哽咽，转眼望激流，"……桂花……桂花……爸爸对不起你，是我害死了亲生的女儿哇……"

终于爆发出男子汉的撕心裂肺的痛哭。

……武同举在河边疾走，身边是难民和洪水奔泻的河。

画外音："……他倾其所有地把积蓄给了有福，让有福安葬女儿，安置生活，可一想到在成千上万灾民面前他无能为力，心里的天平就失去了平衡……"

有人喊："武先生，武先生！上课钟早敲过了！"

他在江苏省立第六师范门前顿了一下，像悟到什么似的急步向校园走去……

清江浦江苏省立第六师范学堂（字幕）

武同举目光灼灼胸部起伏，有顷，才难抑激愤地："……同学们！我今天不准备讲什么。是的，我几乎无话可说。我不知该向各位说什么，也不知该做什么。哪怕是肝脑涂地，只要能使数十万生灵免遭涂炭……同学们，连日的暴风骤雨就是我们的课文，泛滥的洪水，河上飘来的草房、尸体，街头巷尾流离失所家破人亡的难民，就是我们的课本、我们的课堂。我们读书做学问是为了什么？我们著书立说又为了什么？你、我都不妨扪心自问。是为了升官发财吗？是为了个人的发达和成功吗？是为了夫贵妻荣光宗耀祖吗？"

学生们无比亢奋的面孔。

吴君勉目光闪烁。

武同举："同学们，中国之本是什么？"

吴君勉举手后站起来：

"中国之本在农，而农之本在水利。水利废则农病而国贫。教育实业必无所资发展。证之现状，可谓言中。"

武同举："血脉不张，其人必死。吴君勉，你坐下。难得你对我的论著这么熟悉，竟能倒背如流，且和时弊紧密结合。好，我要谢谢你。希望你能为百姓做一个有用的学问家。辛亥革命以来，民治勃兴。只要有志之士，不计个人功名，奔走呼号，为民请命，水利之提倡终归是有希望的。我们的衣食父母终归会过上……有福……的日子，真正有福的日子！"

举起的右手砰然落在讲坛上，垂下头双肩抽搐。

吴君勉肃然起立。

全体学生轰的一声都站了起来，敬仰地注视着自己的老师……

叠印：武同举在各种学术会议发表演讲，在灯下绘制图表、写作论文……老式圆盘印刷机在转动……

武同举家。

看到疲惫的武同举进门，正在晾衣服的吴氏连忙下厨。

女仆往灶膛里添稻把。吴氏将鱼投进锅里煎……

内室。

崔氏为武宽衣，往铜盆里倒热水，将手巾递给丈夫洗脸、擦身。崔氏见他擦完前胸便接过毛巾为他擦背，旋又帮他穿上绸衫，递过一把扇子。

崔氏："哦，北京寄书来了。"

武同举："在哪？怎么不早说？"

崔氏从抽屉里拿出邮包。

武同举忙拆开，见是《地学杂志》，大喜。

崔氏送来一杯凉茶："什么书让你这么高兴？"

武同举："这上面有我的文章。"

崔氏："写什么的？"

武同举看了她一眼，一笑："你不识字，告诉你也没用。是写运河的。"

崔氏："不就是门前的大运河吗？嘿！看把你稀奇的！清江浦哪个人不喝运河水？"

吴氏进来："吃饭了。"

他们起身出去吃饭。

饭桌上，武同举仍在看《地学杂志》，忘了吃饭。

崔氏："喂，吃呀，自己写的，又不是什么小说！"

吴氏攥一块鱼给崔氏。

崔氏："我不想吃。"

崔氏将鱼放在武同举碗里。

崔氏："书上有你的文章，中国地学会又请你加入，你是不是就变成大人物啦？"

吴氏："嗯，跟前清的状元公差不多啦！霞峰，吃饭，别光看书哇！妹妹，水芹炒香干你不是最喜欢吗？"

崔氏搛一筷子，闻闻，又放下了。

外面传来叫卖声。

崔氏一下子站起来，开门出去。

武同举放下杂志，端起饭碗，转眼一看，

"哎，人呢？"

吴氏扬扬下巴。

崔氏从外面买了两串糖葫芦和一只切成一朵花似的西瓜萝卜。

她回到饭桌上，推开饭碗，吃了两口西瓜萝卜，又吃起糖葫芦来。

武同举："嘿！你什么时候变成小淘气啦！不吃饭，吃这些东西……"

吴氏恍然："哦，对了！"把碗一推，筷子一拍，"妹妹一定是有了！"

崔氏："……我也不知道有没有，反正一会恶心，一会反胃，平时爱吃的都不吃，想吃的净是奇里古怪的东西。"

吴氏："霞峰，咱们武家要兴旺啦！"

武同举："真的？真……的？"

吴氏："从今天起，家务事你一样不要动，都有我呐！你好好养着，好好歇着。我给你杀鸡宰鹅，你一定要给武家生一个胖儿子、胖儿子……"说着，眼里又溢满了泪水。


婚宴。

喜宴简朴而热闹。只有两桌人。

武同举喜笑颜开。

同桌人道："武先生，今天是你学生的婚礼，吴君勉是你的得意门生，你可得多饮几盅！"

武同举:"当然,当然。"

吴君勉举酒杯起身,行礼:

"先生,学生敬你一杯。"

武同举欠欠身子,饮尽一杯。

崔氏叫道:"一杯不行!"

吴君勉,"怎的不行?"

崔氏:"你娶走了妹妹,从今以后,你们不仅是师生,又是姻亲,一杯就了了吗?"

同桌人纷纷道:"是啊,连襟,可是近亲啦!"

"连襟连襟,敲断骨头还连着筋嘛!"

"哈哈哈……"

在一片嬉笑声中武同举与吴君勉又尽一杯。

武同举:"祝你夫妻相敬如宾,白头偕老。"

吴君勉:"祝姐夫的事业如日东升!听说全国水利局邀请姐夫复勘苏北运河,与国内名彦士绅共商水利大计。苏北父老已看到曙光。先生此行定将不孚众望。"

武同举:"此确一喜讯,但喜中有忧,或者叫忧喜参半吧!"

吴君勉:"先生,希望在前,曙光在前,学生愿再敬一杯!"

武同举忽然变得很严肃,端起酒盅,环视众人后看着吴君勉:

"谢谢,谢谢,我当勉力为之。"

这时,只听得门前一声叫:

"好哇,我跑断了腿找你,你原来在这儿喝喜酒呢!"

来人名叫王叔相,风风火火地奔进来。

武同举:"叔相兄!君勉,王叔相先生,江苏水利界之俊彦。"

吴君勉:"久仰大名。王先生光临婚宴,学生不胜荣幸。请入席。"

王叔相并不坐下："谢谢吴先生，祝贺你新婚之喜。霞峰，齐省长电报可曾收到？"

武同举："已收悉。"

王叔相："全国水利局潘副总裁约我们本月三十日前在台庄集会。我想明日起程，如何？"

武同举："坐下，喝一杯。"

两人对饮，各吃了一点菜。

武同举："有些事，我们该从长计议。比如治理运河要不要向美国借外债？苏鲁两省运河是合治还是分治？"

王叔相："兄言甚是，正中下怀。"起身，"好，仁兄，君勉贤弟，我们告辞了！"

武同举寓所内室。

吴氏为武同举整理行装。

崔氏帮他穿上会客的长袍、马褂，递给他礼帽、文明棍，一面念叨着：

"你这一走，我心里怪害怕……"

武同举："怕什么？"

崔氏："说不定什么时候就会生，身边也没个人。"

武同举指指吴氏："有姐姐在呀，她比我强，她生过……"

崔氏："可人家是第一胎，心里七上八下的。"

吴氏："妹妹，瞧你这肚子，会顺顺当当生出来的。包在我身上了！唉，要是养个胖儿子叫我什么好听的？"

崔氏："叫你娘！"

吴氏："哟！那么叫你什么呀？"

崔氏："叫我妈！"

武同举:"好,好!你们姐妹俩,一个做娘,一个做妈,孩子的福分够大了。哈哈哈……"拎起箱笼,对崔氏,"放宽心,啊!"对吴氏,"你多关照点,嗯?"向门外走去。

火车上。
王叔相:"全国水利局潘副总裁与美国资本集团广益公司借美金三百万为山东治理运河。息金七厘。"
武同举:"这到底是福还是祸?"
王叔相:"江苏也仿效山东与广益公司签了合同,也要借美金三百万与山东联手治运。"
武同举:"为什么要仿效山东?可我听说此合同非经中华民国大总统批准,不生效力。叔相兄,可有此说?"
王叔相:"有的。不过,全国水利局集思广益,抄录了副本,资送省长查照,还要商询地方士绅意见。"
武同举,"叔相兄,我们在到微山湖之前商量一个意见呈潘副总裁,你看可好?"
王叔相:"事关民生,我辈义不容辞。"

微山湖 1916 年(字幕)
暮色如染。湖水澄碧绯红。
十数艘勘运船只鱼贯而行。
月华如雪。最大的船只上灯光通明,喧声一阵高似一阵。俄尔,微醺半醉的学者士绅们相互招呼、搀扶着回到各自船只上去。
泊船处俗名螃蟹渡。
王叔相、武同举相扶回船,斜倚舱中,饮茶畅叙。
王叔相:"霞峰兄今日是否过量了?"

武同举："今日为苏鲁水利官绅大集合的第一天。同座皆一时之名彦。平昔闻声倾慕，或有一日之雅，数载之交。联舟把酒，同浮大白，此情此景，终生难忘！"

王叔相："仁兄，此次盛会确实开了一个凤头，我预感会勘运河必有美满结果。"

武同举："当我举杯邀月，忽然想起沭阳徐葆愚君。转眼十年，音容笑貌，历历如在眼前。他的著作《淮北水利纲要》还在我的行箧之中呐……"

王叔相捧出一木盒："你还认识这个吗？"

武同举霍地直起身，两眼发亮："《续行水金鉴》？！"

王叔相："十二年前你冒雨乘船去沭阳徐葆愚家就是为了它？"

武同举："微山湖上见此书，真如他乡遇故人！"

王叔相："哈哈哈……哈哈哈……书痴，书痴，果然名不虚传……"

武同举急切地开木盒，取《续行水金鉴》捧而读之。

潘复——全国水利局副总裁口衔牙签走进船舱。

潘复："仁兄仁兄，不知今日可尽兴？"

王叔相连忙起身迎接："欣逢盛会，千载难逢。副总裁请坐、请坐。"

武同举读得十分专注，却未听见潘复进来。

王叔相捅他几下："霞峰！"

武同举："什么？"

王叔相："全国水利局潘总裁来了！"

武同举："唔？什么？！潘、潘总裁，恕罪、恕罪！"

潘总裁："武霞峰君著述甚丰，也很有见地，是否有《再续行水金鉴》之雄心？"

武同举:"同举不才,却手痒难耐,愿在有生之年做一两件造福子孙的事情。"

潘复:"先生的精神可感,先生之为人早有所闻,所以要请教霞峰、叔相,山东江苏运河宜当合治还是分治?"

王叔相:"听说治运规划要将鲁南积水排泄入苏,以涸田五六十万亩,间接受益一万亩。可有此说?"

潘复:"有,二位认为可行否?"

王叔相哼了一声:"治运其名,涸湖其实!如此而已!"

潘复:"霞峰君?"

武同举:"霞峰愚鲁,呈一孔之见,望总裁姑妄听之。"

潘复:"请讲。"

武同举:"所谓合治,即尽涸山东各湖之水下注江苏微山湖,不仅微山湖无法承受,苏北运河也危如累卵,徐海大地将成为一片泽国。后果不堪设想……"

潘复:"那么以君之见……"

武同举:"苏鲁之水应统筹分治。江苏人不必泥山东之法,借美金三百万之巨,这负担过于沉重。不如禀请截留二分亩捐为基础,分年疏浚运、沂、沭各河。"

潘复:"霞峰君确有见地,运、沂、沭唇齿相依,此行我们一起复勘一下沂沭尾闾,如何?"

武同举:"总裁不愧为全国水利之统领!治运必治沭。我这里有徐葆愚著作,请总裁过目。"

武同举从行箧中取出《淮北水利纲要》文稿奉潘复。

潘复阅之,兴味甚浓。

武同举又检出旧著《淮北水患现势图》《沭运交汇图》《灌河口图》《灌河水实测图》《灌河口之评论》《规划江北水利图》

奉潘复。

　　武同举："呈总裁备考。这是我多年来研究苏北水利的几篇拙作。"

　　潘复："先生劳苦功高，不愧为江淮赤子哟！"——翻阅，"这是财富，财富，极宝贵的财富！"

　　他们的手紧紧握在一起……

　　叠印：
　　舟行八闸，顺流而下……
　　小舟赴卢口，勘旧碎石滚坝废址……
　　顺水逆风过三岔河集，入运之口……
　　过窑湾，看钱家口，泄沂入骆马湖……
　　抵双金闸，累石十二层，气象雄壮……
　　达杨庄，过黄河堰……
　　其间，学者士绅在现场勘察，慨叹争议，展示图表，在河、闸、湖、坝及船头、船舱中评说会议……

　　夜。武障口。
　　徐葆愚瞩望船队，踮足引颈，一手举灯。

　　武同举凝望前方，忽地奔向船头：
　　"葆愚君！"
　　夺过船老大的灯举在头上。

　　徐葆愚："是霞峰君？"对船家，"快迎上去！"
　　小船轻快地向船队驶去……

两船相遇，两人同时向对方的船跨去，复又跨回。两个老友徒劳一场仍回到各自的船上。各在船舷，举灯打量对方，满腹感慨，只化作无言的苦笑……

徐葆愚："匆匆十余年……"

武同举："人生如梦……"

徐葆愚："霞峰，我在此恭候多时了……"

武同举："暴雨中乘船去府上借书，宛如昨天……"拉葆愚的手，"来，我陪你去见潘复。"

徐葆愚就势跳到同举船上，老友撞在一起，两人把灯一撂，抱肩相看，唏嘘感叹，忽又笑出声来，互相拍打对方……

潘复船舱。

武同举引徐葆愚进船舱。

武同举："潘总裁，沭阳徐葆愚先生。他早已在武障口守候。"

潘复："徐先生，你的著作《淮北水利纲要》由武先生介绍给我，我已拜读再三，爱不释卷。"

徐葆愚："承潘总裁垂顾，葆愚三生有幸。小可欣闻大驾要来临洪复勘沂河、沭河尾闾，喜出望外，连续三日，夜不能寐。"

潘复："是的，我请先生来，正是想听听仁兄高见。二位请坐。"

徐葆愚："小可以为：治沂必兼治沭，治沭必先治上游。治上游必先从沭淮着手。"

潘复："仁兄之见解可有依据？"

徐葆愚："海属四县，古为沭水流域。清初，沂水泛滥，废湖为河。沭失其囊，沂亦自困，于是沂沭交恶，而灾患连年。故所以在下之主治大纲不外淮沂分流、沂沭分流八个字。"

潘复："好一个八个字！与霞峰君之高见有异曲同工之妙。好，我很赞成！二位毕竟是植根于海属四县的水利学者。博古通今，究根溯源，见地精当，令人叹服。我要谢谢你们的贡献！"起立，抱拳作揖。

深夜。舱中。
武同举、徐葆愚抵足而眠。
武同举找出两支雪茄，
"来抽支洋烟吧！"
徐葆愚抽了几下，烟熄了："这洋烟，好累人。"抽着了，又咳呛起来。
两人相视而笑。
武同举："看总裁的态度，倒很开明，导淮前途，颇容乐观。淮海父老或许能过上几天安稳日子了。"
徐葆愚："果然如此，你我就算没有枉活一世。岁月不饶人，霞峰，你已长出几根白发了……"
武同举："你的皱纹也深了许多……葆愚，还没来得及做什么，暮色就已经降临。人生苦短，我现在才知其深意。"
徐葆愚："哦，霞峰，你夫人还那么漂亮？一对公子、小姐一定出落得很齐楚喽？"
武同举默然。
徐葆愚："嗯？霞峰？……"
武同举："双双早夭。一想起他们，就愧疚难当……我没有尽到做父亲的责任……"
徐葆愚："哦，……此后再无子嗣？"
武同举："……小妾总算又有孕在身了……"

徐葆愚:"好哇!你何时又纳了少夫人?也不通报于我,这回怎么说,罚不罚酒?"

武同举:"等孩子出世过满月,一并请你来清江浦畅叙如何?"

徐葆愚:"一言为定。"

武同举:"唉,家里不知怎么样?总还要个把月才能回去……"

徐葆愚:"嚯,十年不见,你倒变得婆婆妈妈起来,知道牵肠挂肚了,还带了几分儿女情长!仁兄,这是你一大进步!哈哈哈……"

武同举也给他逗笑了:"嘿,你呀你呀……跟你在一起,我也就不知愁了。哦,夜深了,睡上一会儿,明天一起登云台,如何?"

徐葆愚:"好极,好极!登云台是我的夙愿。与仁兄携手同游,更添十倍游兴,睡!"

云台寺中。

僧人捧来文房四宝。

徐葆愚为友人研墨:

"霞峰,赠我一点墨宝吧!"

武同举仰天瞑目,望窗外山景,转又直视葆愚,俄顷,饱蘸墨汁,挥笔写去:

　　天际乌云含雨重　寺前红日照山明
　　沭阳居士今何在　青眼看人万里情
　　　　　　　　　　仿苏帖　葆愚仁兄正

把笔一丢:"见笑了!"

徐葆愚:"仁兄,这真是桃花潭水深千尺,不及汪伦送我情啊!

我要挂在书房里,日夜赏玩,见字如见吾友!"

寺僧送来两碗葛粉:

"施主,请尝尝云台葛藤粉。"

武同举:"同进葛粉,权作话别,乡情乡韵,永留心中。待犬子满月时,定请仁兄来清江浦喝他个酩酊大醉!"

徐葆愚:"哎,你怎么知道是儿子?是不是求子之心太切啦?"

武同举:"上天有眼,该送我一个儿子,继续做我毕生努力没有做完的事,实现你我的百年梦幻。葆愚,这可算得一点奢望?"

徐葆愚:"不不,霞峰,我们的事业该有更多的继承人,我也祝愿你早得贵子,最好是双胞胎。"

两人会心地笑起来……

清江浦。武同举家。

武同举推开家门,竟寂然无声。

"有人吗?"

无人回答。

他直奔书房、内室,又折回下房、厨房,连女仆也不在。他额上沁出汗珠来,便又无目的地扑向大门。

门呀的一声从外面推开。

门外站着个吴君勉:

"姐夫回来了?"

武同举:"君勉?这是怎么了?出了什么事?啊?快说?"

吴君勉:"先生,你怎么急成这样?"

武同举:"人呢?人都到什么地方去啦?"

吴君勉:"姐姐临产,肚子疼得厉害。"

武同举:"怎么?是难产?"

吴君勉："没找到产婆,送医院去了。我在那里没用,叫我回来看门。"

武同举冲出大门,大叫:"黄包车!"

黄包车从附近跑来,停在门口。

武同举慌忙上车:"哦,君勉,哪家医院?"

吴君勉手指方向。

黄包车奔去。

武同举:"请快一点!"

黄包车夫满头大汗:"先生,再快就要我的老命了!"

武同举:"停下吧!"付钱下车,自己在街上跑起来。

武同举气喘吁吁地跑进医院,在台阶上打了个趔趄,在走廊上撞了护士,在拐角处让开一个人又被另一个堵住去路……

终于找到了妇产科病房,见女仆在门前:

"……生……生了吗?"瘫在椅子上。

女仆:"还没有。"

忽又站起来,冲进产房,被护士拦住。

武同举:"请让我看看我太太……"

护士:"这不是男人待的地方。请在外面等候。"

武同举已看到崔氏。吴氏守在她身边,攥着她的手,她脸色蜡黄,满头大汗,看到丈夫,她苦笑了一下。

武同举终于被推出门外。

产房内。

吴氏:"霞峰来了,我心里也有底了。妹妹,再用一把力。"

崔氏的脸痛苦地抽搐着……

武同举神不守舍地在门外转，又哆哆嗦嗦地掏出雪茄却怎么也点不着……

忽听产房中崔氏一声大叫，武同举手颤，雪茄落地，脸色惨白。少顷，婴儿哭声传来。

武同举额上流下汗水，转身向产房走去。

吴氏出来："霞蜂，母子都好，我们武家……有后了！"说着竟哭起来。

武同举也热泪盈眶，嘿嘿嘿地笑着流出两行泪水，

"上天有眼，我武同举……有了继承人了，有了继承人了！"

产房里。

武同举惊喜地看着新生的婴儿，握住崔氏的手："你真行……真不错……"

崔氏疲倦地微笑，脸上闪着母性的光辉……

武同举："想吃什么？"

崔氏："想睡觉……"

武同举："我该送你点什么？一件丝绒旗袍，还是两只老母鸡？"

崔氏被他逗得咯咯地笑起来：

"你们男人……就是粗心。你说，你该送我什么？"

武家内室。

孩子已大了许多．

崔氏在床前给孩子喂奶。

母子俩的脸被花瓶中一丛红玫瑰映得更加鲜亮。

孩子睡去。崔氏熄灯，偎在孩子身边。

书房里。

武同举在灯下写作《会勘江北运河日记》。

他拿过茶杯欲喝，杯中已无茶。转见几上放着砂锅，上前揭开锅盖，一阵香味扑面而来。

"真香！"端起来喝了一口汤，"嗯？是不是又喝错了？"

吴氏微笑着站在书房门口，手里端着一碗夜宵。

"哎，那是给妹妹下奶的！"

武同举："唔，差一点，一点点……好，我改过，我来给她端去……"端着砂锅进内室，"孩子妈，这是你的鲫鱼汤……"

崔氏："你现在也有心了？"从床上起来，嗔了他一眼。

武同举向她努努嘴：

"吃吧，把可清喂得胖胖的，我记你头功！"

吴氏进来："喏，去吃你的馄饨吧！你的功劳也不小。妹妹，生了一个就不愁了。孩子我来带。能生多少生多少，没有孩子哪像个家？有几个秃头小子跑跑跳跳，热热闹闹的，才算个人家。是不是？"

崔氏："姐姐，孩子是该叫你娘，你是孩子半个妈。我们娘儿俩可是多亏了你……"

吴氏："妹妹，这么一说，我倒成了外人了。既是孩子娘，吃点苦也像吃蜜糖。"笑，"快趁热吃了吧！"转眼看，丈夫案前摆着小半碗馄饨汤，人却伏在桌上睡着了，还打着不轻不重的呼噜……

吴氏起身，端起书案上的馄饨碗轻手轻脚地去了。

崔氏推醒武同举，扶着他回内室。

武同举本来眯缝着眼，忽然睁大眼睛：

"真香！真好闻！"

崔氏一笑。

武同举摘一朵玫瑰插在她鬓边。

"记得新婚之夜说过什么吗？"

崔氏俏皮地："我说过；你真好……"

武同举："我呢？……"

崔氏："但愿人长久……"

武同举吻她："记性真好，哪像不识字的人……还说什么，你……"

崔氏："没有了……"

武同举："不，你说要为我生儿育女……是不是？"

崔氏："那是姐姐关照的。"

武同举："难为她一片苦心……宁愿为我们守活寡……"

崔氏："你该常去她房里。"

武同举："心里话？"

崔氏点头。

武同举："不妒忌？"

崔氏缓缓摇头。

武同举笑了，把她拥在怀里：

"我要你多生几个……"

崔氏："个个都当水利学家？"

武同举："那当然，那当然！"

崔氏："个个都是不顾家的水利和尚？"

武同举喷地一笑："顾家，顾家，顾大家，大家……黎民百姓，是我们的衣食父母，不顾父母，还顾谁呀？"

崔氏："好了好了，那就生吧……只要……你喜欢。谁叫我是……你的人。"

武同举凝视她,轻抚她的面颊。内心独白:

"……我的事业,就是我的梦……这梦很长很长……做得很累很累……你是我梦中的一片绿洲,一片安宁的乐土……爱妻……我要你做一个……伟大的……母亲……"

俯身吻她……

## 下 篇

上海海防路寓所 1944(字幕)

吴氏遗像下供着栀子花。而桌上花瓶里却盛开着红玫瑰。红花映着崔氏苍老的容颜。她正从药罐里往碗里倒汤药。

武同举病榻前站着三个已成年的儿子。

武同举:"……这个世界上本该有六个儿女……延续我的……生命。可惜那一男一女双双……夭折。"朝吴氏遗像伤感地瞥了一眼,"老大!"

武可清俯下身去:"爸!可清在。"武同举拍拍他手背,"老实头。像我……可别太窝囊了。"

武同举:"老二!"

可清退后。

可承弯腰倾身:"我是可承……"

武同举:"你可够精灵。还记得我罚你下跪?"

可承:"小时候不懂事,惹爸爸生气……"

武同举:"可记我仇?"

可承:"怎么会呢?爸爸……"

武同举:"老三?老三……"

可镇挨近他:"可镇在。"

武同举:"你是老四,爸在喊老三……"

崔氏黯然。

武同举:"我的老三……聪明活泼,生他的时候咱们家已经……"

崔氏:"搬到了扬州。你在主编《江苏水利协会杂志》。"

武同举:"那一年……双喜临门,孩子妈,是不是?"

崔氏强颜欢笑端上汤药,被武推开。

扬州1928年(字幕)

瘦西湖畔。

武同举捧着新出版的《江苏水利协会杂志》,由不得站下来端详摩挲书的封面,嗅嗅油墨的清新气息。

他的心声:"儿子……儿子!这也是我养的亲儿子!我亲手筹备成立了中国第一个水利学术团体,又出版了这本杂志。我们总算有了一方自己的天地!"

他抬头饱览湖光阁影,飞步从台阶上下来,奔向一个卖花的女孩……

武同举寓所。

门轰地被推开,只见武同举怀中一捧栀子花一棒红玫瑰,红白相映,分外好看。

女仆:"先生回来啦!大喜呀!"

武同举诧异:"你怎么知道我编的书出来了?"

吴氏从里屋出来:

"可不是,活生生一本书又出来了!"

武同举:"今天太阳是不是从西边出来了?你们主仆二人都成

了识文断字的书生啦。"

女仆:"再过二十年,好样的一个书生。"

武同举:"越说越糊涂了,我说的是这本。"

吴氏:"我说的是那本。"指指内室,"妹妹又送你一本活书。"

武同举:"活书,哦——这可当真?"

吴氏:"你什么时候上过当的?"

武同举直奔内室。

崔氏身边又睡着一个新生婴儿。

武同举大喜过望:"老三!又是个儿子!"

崔氏:"我倒希望是个女儿。"

武同举:"儿子也好。这孩子相貌堂堂,定能展翅九霄。就叫他可翔吧!"把玫瑰花放在崔氏枕边,"本来这束花是为了庆祝我编辑的第一本杂志出版,谁知老三也来凑热闹。"

吴氏进来:"这叫双喜临门。我们武家福分不浅呐!"

武同举将栀子花捧给吴氏。四目相视,尽在不言中。

武同举撅下两朵,插在吴氏鬓边。

崔氏笑了:"好看,好看!"

武又转身到床边,把玫瑰插在花瓶里,掇下花朵,坐到床边,插在崔氏鬓边:"双喜,两朵。孩子妈,孩子娘,今天真是喜出望外!我去买一部留声机,咱们一家人听听大戏,怎么样?"

吴氏:"妹妹出不去,有个会唱的机器,最好。"

一部带扬声器的留声机已放在桌上。

武同举上了发条,安了唱针,从套子里抽出一张新唱片。唱机响了:

"……百代公司特请梅兰芳老板演唱《贵妃醉酒》……"

女仆:"哎呀,把戏院子搬回家来了!"

崔氏:"人躲在小匣子里唱,也不憋得慌,他是怎么钻进去的?"

吴氏摆头:"真是活神仙!要是能唱一段淮海小戏才来劲呐!"

几个女人不觉都张大了嘴,听入了神……

武同举:"你们听,今天我来熬鱼汤……"刚走几步,"……这鱼放在凉水里煮,还是等水开再……"

女人们听得入神,没人回答他。

武同举:"嗬,都是戏迷,好了好了,我就不信熬鱼汤有多少学问!"调头去了厨房。

一砂锅鱼汤放在床前几上。

武同举不无得意地看一眼崔氏:

"孩子妈,喝点。这是下奶的。"

崔氏嗔了他一眼,揭开砂锅:

"哟,好腥气!天哪!鱼鳞没刮,肚子没破……"

武同举:"太太,这个那个……保持完整性,不是营养更为丰富全面吗?"

崔氏喷地笑了出来。

女仆笑出眼泪来。吴氏弯下腰去又蹲在地上,笑岔了气……

崔氏:"等小三子长大了,我要给他讲讲大学问家熬鱼汤的故事……咯咯咯……"

唱片已转到了头,在打旋……

小宝贝露出了笑脸。

小宝贝长成了六七岁的孩子,躺在母亲身边.

灯光下，武同举在编撰《淮系年表全编》。

他戴着花镜在水系图上画着纤细的线条。一个小弯拐得有出入，又擦去重画。

吴氏端来莲子羹：

"那么细一条线改它干什么？"

武同举瞟了她一眼："失之毫厘，差之千里。这是要留给后人的，一星一点不能错。"接过碗来，吃了两口，"你不要跟着我熬了，我熬惯了，完成这本书，起码熬两三千个夜……"

吴氏："我的天！那要把人熬干了……"退了两步，犹犹豫豫地离去。

他俯身在图表上写二毫米大的蝇头小字，手颤眼花，仍十分专注地写着……一张图渐渐完成。

窗帘哗地拉开了。窗外是金陵古城景色。

崔氏："喂，水利署主任大人，你天天打夜班画这些河呀川呀的，你是不是要到省长公署打瞌睡去？"

武同举："都五十多岁了，哪来那么多瞌睡？"

崔氏："五十多岁更要保重身体。你这么不知爱惜，垮下来可怎么办？"

武同举："人生苦短，时间不多了，没做的事还很多。"

崔氏："小三可翔今天第一天上学，小四还小。你也得为我们想想……好了，吃饭吧！"

可翔背着新书包走来：

"爸！像不像读书郎？"

武同举笑逐颜开：

"像！像得很！我的小三子像吹气儿似的一眨眼就长大了！吃了饭跟爸爸一起走。你上小学，我要去大学讲课。开学头一天，爸、妈、娘一起送送你！"

可翔欢呼，两条胳臂上伸像鸟一样扑向餐桌。

崔氏："都是你爸起了个名字叫可翔，你看他要飞了！"

吴氏端来汤圆："尝尝娘搓的桂花汤圆，吃饱了，书念得呱呱叫，也做个大学问家！"

南京河海工科大学（字幕）

阶梯教室里，武同举正在讲大课：

"……我很羡慕各位朝气蓬勃，充满活力，也很羡慕你们坐在大学课堂里学习水利专科知识。我们这一代人从读私塾到在科举考场里进取功名，就耗费了二十多年时间。回过头来再到浩如烟海的前人著述里寻找、爬梳、积累，再逐步归纳出系统。难哪，难……是的，要读书，多读书。但不能死读书，读死书。水利学家不产生在清幽古雅的书斋里。水利学家胸中不仅该盛着华夏的山川大地，更不能忘记在这片大地上生生不息的农人——我们每一个人的衣食父母。好，今天就讲到这里。"看怀表，"还有几分钟。各位可以提问。"

此间，吴君勉出现在教室门外，略顿，踮着脚走进教室，在后面的空座上坐下。

一位戴眼镜的男生举手，先生点头后起立发问："听说先生利用工余时间编纂一本宏篇巨著，学生是否可以认为这是先生前半生点滴积累、四处奔波的结晶？"

武同举示意学生坐下："我很感谢你的概括。我正在编的《淮系年表全编》，以编年体记载了从上古到清宣统四千年淮河流域水利和水灾的历史。包括历代黄河改道、河湖变迁的历史分图和现势情况图，希望成为今后治淮导淮的借鉴，从中找到正确的途径，使江淮百姓免遭水灾之患。"

一位面目娟秀的女生举手，经先生颔首后起立："先生研究水利史是为了后人导淮。请问先生对美国工程团《勘淮报告书》以及其后美国费礼门工程师的《治淮计划书》作何评价？"

武同举："请坐，我很高兴你对治淮如此关切。首先，我很佩服美国学者的气魄和勇气。两个方案大刀阔斧，兴利除弊，的确身手不凡，令人刮目。但倘深入检讨，你将发现美国人显然缺少了对地情人情的研究。因而，两个方案虽气势宏大，却近于空想。我们中国学者大可不必为瀛海大师的豪气所慑，不妨取其之长，补己之短。因而我以为，导淮之答案是否可以概括为四个字，叫作：江海分疏。同学们，我数十年研究江淮水系的结果，择其要而言之，只不过此四字而已，你看如何？欢迎各位批评研究。"

娟秀的女生带头鼓掌。转眼间掌声四起。

武同举目光闪烁，激动地频频点头、摆手。

下课钟响。

吴君勉起立，迎接武同举，"……先生！"

武同举很高兴："君勉！从淮安来？"


校园草坪上。

两人边走边谈。

武同举："淮安实验小学给你治理得不错，而且水利方面也时有著述，我为你自豪……"

吴君勉："姐夫，我已办理了校长离任手续。"

武同举站住："哦？为什么？"

吴君勉:"唉,一言难尽。北伐以后,各学校校长纷纷加入国民党。恰好县里发生了驱赶教育局长事件,县长要我去接任局长。我一不想参加党派,二不想搞仕途经济,就离开了淮安……"

武同举:"你想专门搞水利,做学问?"

吴君勉:"所以到南京来投奔姐夫,不知可让你为难?"

武同举:"你来得好。你的所作所为,不愧是我的入门弟子。走,回家去!你的东西呢?"

吴君勉:"已经放在家里了。"

他们来到校门口。

忽有人喊:"爸爸!"

武同举这才发现武可翔背着书包扑过来。

武同举:"你怎么在这?"

武可翔:"爸爸送我上学,我接爸爸放学!"

武同举、吴君勉哈哈大笑。

吴君勉:"这是老几?"

武可翔:"老三,武可翔。先生尊姓大名?"

两位长辈又哈哈大笑起来。

吴君勉:"在下吴君勉。"

武同举:"快叫姨父!淘气鬼!"

可翔伸了伸舌头,在人行道上飞跑而去。

十一岁的可翔,听得一声枪响,飞也似的从起跑线上跑出去。

这是小学生运动会。

一个长腿孩子追上并超过他。可翔鼓足劲追上长腿,在终点比长腿早到一步。

全场欢呼……

镇江报纸刊载小学生武可翔获赛跑第一名的消息。

武同举镇江寓所.

五十六岁的武同举眯缝眼看了一遍标题,又戴上花镜到亮处再看一眼,兴奋地:

"可翔真飞起来了!赛跑第一!孩子妈,孩子娘,听见没有?"

吴氏:"什么?老三第一?!"

崔氏:"这是真的?报纸上有吗?"

武同举:"这不是吗?"

崔氏:"这孩子,小学还没毕业就上报纸了,将来准有大出息!"

吴氏:"我这当娘的可风光喽!"

吴君勉从外面进来:

"还有更风光的呐!先生,书局寄来《淮系年表全编》样书。"

武同举:"在哪里?"

女仆捧来一个纸包。

武同举迫不及待地拆开包,手微微颤抖着……

当他打开纸包,看到崭新的散发着油墨芳香的书,眼角湿润了……

这本十六开线装书,共分元、亨、利、贞四册。他捧起来,字却在眼前模糊了……

吴氏:"可翔没出世就编呀画……孩子都十一岁了……"

崔氏:"有你们这样的父子,我们再累也高兴……"

吴君勉:"嗨,大喜,你们怎么都出眼泪?还有大喜哪!"

崔氏:"妹夫,你是喜昏了吧?多少年一回双喜临门,还有什么大喜?"

吴君勉从公文包里拿出《两轩剩语》:

"姐夫的水利论文集清样也出来了!"捧给武同举,"先生二十年来的水利论著的精华都在里面了。"

武同举激动地摩挲书的封面。封面上是他亲自题写的书名，书名右上侧写着中华民国十六年印，左侧写着灌云武同举水利稿。

都是武同举的墨迹。

崔氏："霞峰，三喜临门，个个都是大喜，可得好好庆祝庆祝。"

吴氏："是该好好热闹热闹！到镇江好几年，我们还没逛过焦山，金山寺呐！"

武同举："好，今天晚上全家去铁城大戏院看电影！"

崔氏："哎呀，上回看的《火烧红莲寺》还带彩哪！衣服都是红的！"

吴氏："听说那红颜色是一张一张染上去的。可真不容易！"

武同举："这是庆祝活动之一。之二，星期天全家上焦山，逛金山寺！"

武可翔跑进来扑在崔氏怀里：

"妈，焦山是不是很高？娘，你敢不敢跟我比谁爬得快？"

吴氏："娘不敢，娘不敢，娘怕跌下来……"

武可承背着书包进来：

"二哥不怕跌，跟我比吧！"

崔氏："跟你比？你可真有本事！亏你还是初中生！"

可承："我让你一分钟，行不行？"

可翔："那我一定能赢！"

可承："你敢打赌？"

可翔："敢。赌一根棒棒糖！"

大人们看孩子们如此认真，呵呵地笑起来。

一捧栀子花、一捧玫瑰——武同举将它们分别赠给吴氏和崔氏，感慨地打量妻子们老了许多的容颜:"功臣!两位功臣……给了我安宁,给了我孩子、天伦……给了我一切。明天上焦山穿得漂漂亮亮的,像过年一样,行吗?啊?!哦,对了,这花敢不敢戴上?"

崔氏:"哎哟,那可笑话死人啦!成老妖精喽!"

吴氏:"咱家乡到了这时节都戴栀子花,可真是不分男女老幼!"

武同举:"是啊,爱美之心多么淳朴!唉……南城的民风乡韵、云台的青山古寺,一想起来就怦然心动,恨不得生出两只翅膀飞回去看看故里啊……"

崔氏拿出一件新长衫:"霞峰,你瞧,姐姐上街选了衣料,连夜赶做的,让你也露露脸。试试!"

武同举脱下长衫试新装:

"嚄,年轻了十岁!这是给新郎官穿的,我……合适吗?"

崔氏:"怎么不合适?你是江苏有名的学者,教授,应该穿得漂漂亮亮的。"

吴君勉:"先生穿得儒雅清新,听课的学生也会更轻松,更有活力……"

武同举:"哦?穿着竟然还有这么大作用?"

吴氏:"你这么一年轻,我们也跟着都年轻起来啦!"对崔氏,"妹妹,明天咱俩把箱子底下出嫁的衣服都穿上,怎么样?"

崔氏:"那可好,焦山上的游客什么都不看,就看我们两个老来俏啦!"

两个女人又笑得岔气,弯腰,出眼泪……

吴氏:"……我去煮点酸梅汤,明天带上山。"

崔氏:"我来烙几张酥饼,明天在江上吃野饭吧!"

武同举喷地笑了:"不叫野饭,叫野餐。"

崔氏、吴氏也嘻嘻哈哈笑着朝外走。

女仆迎面进来：

"先生，这位校长有急事找您。"

她身后跟着一位顾长干瘦的老先生。

老校长："武同举先生吗？久仰久仰。我是令郎武可翔所在学校的校长……"

武同举："校长请坐。可翔学业、体育进步很快，应该我去拜望您的。"

女仆上茶。

老校长："说起武可翔，我很歉疚，不不，我要请家长恕罪……"

武同举："校长，你这岂不是要折杀晚生？"

老校长："不，武先生，是我要向你和你的夫人请罪，武可翔他刚才从滑梯上摔下来……"

武同举："受伤了，伤重吗？"

老校长摇头叹息。

武同举："是不是已经送医院？他人在哪里？"

老校长："还没有送到医院，他已经……"

武同举："啊？他怎么样？"呼地从座椅上站起来。

老校长垂首落泪："已经……停止呼吸了……"

武同举张嘴愣在那里。在堂屋外窗下的崔氏叫了一声向后倒去。吴氏扶她，自己也瘫坐地上。武同举眼角沁出两滴眼泪，嘴角抽搐，半晌，才哽哽咽咽地：

"……老三……可翔……你怎么……飞啦？飞啦……"

上海海防路寓所　1944 年（字幕）

病榻上苍老衰竭的武同举老泪纵横：

"老三，你怎么……飞上天了？怎么飞到了……爸爸前面？命运为何如此无情，要我武同举……老年……丧子啊！"哽咽失声。

崔氏双手捂面，伏在玫瑰花瓶前饮泣。

武可清："爸，老三都死了十六年了……不要太伤感了。身体要紧啊……"

武可承："人要善于忘记痛苦。忘了吧，爸爸！"

武同举："你到底是学文学的，会讲。爸爸已经看到彼岸了。这时候，怎能不回眸人世，不追怀一生中没有把握住的，不该失去的和追悔莫及的……"

武可镇："爸爸，假如你能够重新生活，你会不会比现在更关心我们？"

武同举："……老四，你触到了爸爸的痛处……假如我能从头开始，我还会义无反顾地……再一次选择水利事业，为多灾多难的苏北百姓父老乡亲献上绵薄之力。可是孩子……我也会更尽心地……做一个父亲……做一个好父亲。很可惜……这缺憾，今生今世……无法弥补了……孩子们，我很抱歉……你们能原谅……我这个……不称职的……父亲吗？能吗……能吗？"

镇江焦山松寥阁　　1928年（字幕）

江苏通志馆在这里开会。

与会的都是江苏省水利界的翘楚。

通志馆面临解体的噩运。会议开得很沉闷。

武同举："……在焦山开会，使我很伤感，我不禁想起我的小三子可翔……他赛跑第一，要我带他上焦山，看长江。可惜晚了一天……如果他多活一天，只要一天……他的愿望就会实现……他便可以带着美好的记忆……离开人世。哦！对不起……我在江苏通志馆的会议上讲了这些无关题旨的话。"

庄蕴宽："……很不幸，或许我们也将带着遗憾，留着遗恨，把耻辱的一笔写在中国水利史上。堂堂江苏省的通志馆，由于经费无着，本人只好……宣布解散。"

众哗然，议论纷纷，指责当局，壮怀激烈。

庄蕴宽转过身去，面对浩浩长江：

"自宣统到今天，江苏通志水工稿的修纂，已是三起三落……在中国，做一件好事，做一件利国利民、福荫后世的事，真难……难于……上青天。小可不才……无回天之力，只好告罪于江苏水利界之精英巨擘们了！"

转过身来，恭身一揖，有顷方起。

武同举："……没有不散的筵席。同人们，庄馆长，我们总算在一起共事了一个时期。朝夕与共，同甘共苦，相互切磋。这也是缘分，缘分呐……政府既然无钱修书，小可不揣冒昧，打算自费修纂《江苏通志水工稿》，做一个撼树的蚍蜉总可以吧？"

众学者哄然议论，气氛顿时热烈起来……

武同举："笑我痴？痴是我天性。此生此世改不了啦！时间吗？十年。拼它十年，也许够了吧？愿上天有限，至少再给我十年寿命。十年后如果我能完成水工稿，在我弥留之际，我可以说，作为一个江淮赤子，此生无愧于生我养我的江苏大地了！"

同仁们鼓掌起立……

人们拥到武同举身边：

"我可以帮你在京沪借些资料。"

"倘不嫌弃，我可为老兄绘制些图表。"

"小可不才，誊清文稿还是做得了的。保证字迹工整，一笔不苟，绝对没有错别字……"

武同举十分感动，与朋友一一握手，抱拳作揖。

庄蕴宽当场挥毫写了"江淮巨子"四个大字高举过头，庄严地献给武同举。

武同举双手接字，手和嘴角都在颤抖……

团团围着武同举的同仁们报以充满激情的掌声。

浩浩长江。浪击焦山。

武同举把酒临风，饮尽一盅，面对苍天大江，微闭双目，任江风吹拂衣襟和头发……

幻视：他奋力攀登焦山，气喘吁吁，热汗淋漓。

幻听："爸爸，加油！我要赶上你啦……"

武同举猛回头："可翔！可翔……"

武同举手中的酒盅落地，睁开眼，怅然四顾：

"可翔飞了，可是我，还要在人生之旅中艰苦地攀登……攀登啊！"

江潮奔腾。日月更替。春花冬雪。

火车穿梭于宁沪线水乡。

武同举乘坐的长途汽车出车祸，他头部负伤。

武同举走进上海海员图书馆……

灯光下，伏案工作的武同举，头发由黑渐白，面容渐趋衰老……

1937年（字幕）

日本飞机遮天蔽日，投下成百上千的炸弹……

江苏大地烈焰冲天，血肉横飞……

扬州。宝应。东台。叠印着武同举全家逃难的情景……

吴君勉一家也在逃难途中……
日机俯冲而下。
吴妻吓得扔下手中的藤箱滚进水沟。
吴君勉却扑过去把藤箱抱在怀里。
空袭过后，吴君勉拍拍灰土站起来：
"什么都能丢，这只箱子不能丢。"
吴妻："这什么宝贝？死沉死沉……"
吴君勉："姐夫的书稿。这是他的命。"
又几架日机突然袭来，超低空飞行。
吴君勉就地卧倒趴在书箱上。
机枪扫射，一梭子弹在他身边爆起一串黄土……

上海海防路寓所　1944（字幕）
病榻上，已近弥留的武同举突然坐起来嘶声喊叫，"书稿！我的书稿！我为它面壁十年，耗干了心血呀！"
武可清："爸爸！书稿在，在。有两份。姨父一份，我这有原稿。一共七编四十三卷，一百五十万字，一页都不少。你放心，放心……"
武同举："千万不能……落到日本人……手里。"
武可清："是。爸爸，可清在，书稿就在。江苏省老省长韩国钧把书名改为《江苏水利全书》，还专门作了序，称它是不朽之作呐！"
武同举微笑："哦？哦……不朽，不朽……什么叫不朽？就是对后人有用，能造福百姓……可清，你是学水利的，手稿由你保存。

等到中国天亮以后，你要把书印出来，让人们知道上下四千年水系变迁，湖海沧桑……让水利发达，让有福们不再……家破……人亡……"

（闪回）一个白发苍苍的老人跪在苦情状前，不断向过往行人磕头，额头已肿胀，沁出黑紫的血……

有人在他面前扔下一小块饼。他拾起来狼吞虎咽地吃了，还舔去了手上的饼渣。

画外有人喊："有福？有福？！"

白发老人形销骨立，抬起头直愣愣看着对方：

"武……武先生……咱家又发大水了……这回，就剩下我……一个人了……"

面馆里。店小二端来四碗大肉面。

武同举看着有福大口大口地吃面，转眼便是一碗。不消一刻，四碗面全部吃光，还不无遗憾地看着空碗。

武同举："饱了吗？"

有福摆头。

武同举喊店小二："再来两碗！"

又两碗热腾腾的大肉面碗底朝上。

有福忽觉不适，从条凳上滑落到地上。

武同举上前扶他："有福，你？"

有福睁开眼微微一笑："武先生，我有福哇……不是……饿死的，不是……饿死的……"头一歪，死去。

武同举摇着有福喊："有福！有福！有……福……"（闪回完）

武同举躺在病榻上，已近弥留：

"……孩子们……孩子妈……我这一生得到了许多，似乎也失去了……许多许多。当我回首往事，我无法知道，能不能……做得更好一些？能不能……没有遗憾……毫无愧疚地去见……有福？能不能……能不能……？哦，我想得太苦了……太累了……现在我要带着这些疑团去了……去找我的永恒了……"

他阖上双眼，宛如在一天劳作之后安然睡去，睡得很沉很沉……

一个年轻的武同举从他苍老的遗体上悠然站立起来，缓缓向北方走去，步子迈得潇洒而又轻快，衣衫和长发在风中轻轻飘动……

叠印：蓝天大江，星移斗转，凤凰山，云台山，大桅尖峰巅上俯视的东西连岛，最后，飘飘落向南城的僻巷那有着雕花木床的房间和那一扇倩影不再的临街小窗……

武同举的画外音：

"哦……南城的寻常巷陌，云台的青山古刹，运河的水闸，临洪的堤坝……还有，戴着栀子花的男人和女人……我回来了，带着千年忧思，带着百年梦幻……回来了，回到生我养我的家乡故里……来了……"

歌声从远远的什么地方悠悠逸出：

一辈子只做了一个梦，
一个梦一辈子没做完。
千百年都在做这个梦，
这个梦千百年未能圆。

没做完难做完此心不甘，

不能圆却要圆何时如愿?

身已死魂魄飘江淮之间,

骨成灰却不脱千年忧患。

武同举把栀子花和红玫瑰拥进胸怀……

旁白:"一九四四年,当栀子花花瓣凋零、红玫瑰不再飘香的时候,出生在江苏连云港南城的武同举,这位中国近代水利史学界的巨擘,与世长辞。"

主题音乐越来越忧郁、绚丽而富于梦幻色彩。

再现老式雕花木床和男婴坠地时的啼哭声……

**剧终**

(原载《连云港文学》一九九二年二至四期)

# 梅园往事
## ——纪念周恩来百岁诞辰

·元·

南京宁海路5号。日。

凯瑟琳挽着马歇尔的胳膊走进大门。

银杏如盖,掩映着喷泉假山藤萝名花。

凯瑟琳惊呼:"哦,比我们的多多纳庄园还要迷人。"

马歇尔:"还是多多纳更有野趣……"

凯瑟琳:"乔治,你不是已经退出调停了吗?我们该在这儿过一段闲适的日子。"

他们已经走进客厅。

沃伦安排杰西等把箱笼搬到房间里去。

马歇尔坐到客厅的大沙发上:"凯瑟琳,我不能。"

凯瑟琳:"为什么?"

马歇尔:"我要在中国平息内战,缔造和平。"

沃伦走过来:"可是将军,你的右面是冷得像冰、硬得像石头的蒋介石，左边是刚柔相济辩才过人的周恩来。在他们面前，将军你像一个逆流而上的纤夫。"

马歇尔耸耸肩："可是沃伦，我别无选择。"

美龄宫。日。

蒋介石站在阳台上眼望远方：

"共军攻占了长春，马歇尔对中共一味怀柔。南开校长张伯苓早就说过，周恩来做学生的时候是最会演戏的，马歇尔偏偏吃他这一套。"

宋美龄走近他：

"达令，千万不能跟马帅闹僵。我们需要他。"

蒋介石突然转过身来：

"我们需要马帅，马帅也离不开我们！"

宁海路5号客厅。日。

沃伦："史迪威说过，蒋介石是个愚蠢而顽固的农夫。魏德迈则认为，有的时候要在蒋的屁股后面踹上一脚他才肯走。"说完，扑地一笑。

马歇尔也笑起来：

"蒋介石常常令我想到秘鲁史前期留下的神秘的花岗岩雕像。"

凯瑟琳："那么周恩来呢？"

马歇尔："他是中国的斯芬克思。"

推出片名：**梅园往事**

中年周恩来的特写，潇洒儒雅，目光炯炯。

他身边的邓颖超。

他们并肩乘坐在一辆轿车里。轿车行驶在南京的街道上,向梅园新村驶去。

轿车内。

邓颖超好像在继续一个没说完的话题:

"马歇尔到中国来还是做了一件好事,他推迟了中国全面内战的爆发。"

周恩来瞟了妻子一眼:

"马歇尔不是万能的。他经常进退维谷,十分尴尬。"

邓颖超:"这是因为他带着一个无法实现的梦想,要在中国组织国共联合政府。"

周恩来深思地:"马歇尔看到了中国民主潮流的发展,反对蒋介石搞武力统一,这是他清醒的一面。但是他要维持蒋的领导地位,这是他不明智的一面。"

邓颖超:"所以他永远没有梦圆之时。这是美国对华政策给他带来的局限。"

周恩来:"尽管如此,马歇尔在今天,还是不可或缺的。"

邓颖超:"他的夫人凯瑟琳善解人意,听说是个歌剧演员。"

周恩来:"她和宋美龄不同,不愿卷入政治,希望马歇尔早一点回到多多纳庄园去颐养天年。"

邓颖超:"这么看来,她倒是一个非常聪明的女人……"

副官方穆:"梅园新村30号就要到了。"

轿车和吉普车驶入宁静幽雅的梅园小巷。

轿车内。

方穆:"梅园29号是军统,31号是中统,30号被夹在中间。"

周恩来面色冷峻。

方穆:"10号是国防部二厅监视台,22号设有侦察电台,还有,空军的监视站和特别侦讯室也在这一带。这条巷子里的摊贩、皮匠、算命的、踩三轮车的有不少都是狗。"

邓颖超:"看来,从曾家岩到梅园都少不了重重包围。"

周恩来:"小超,我们要在老蒋更严密的保护下生活一阵子了。"

邓颖超:"这儿没有硝烟,可这个地方充满火药味。"

汽车在梅园30号门外停下来。

梅园30号的门静静地开了。

周恩来、邓颖超走进梅园30号。

葱翠的柏树静静地伫立着,藤蔓使墙壁平添几分宁馨。

梅园31号阳台上有人伸头伸脑。

周恩来斜睨31号阳台,以手叉腰:

"好啊,从现在起,我们的工作就开始了。"说罢,大步走进小楼,在走廊里看了看办公室和卧室,然后步入客厅。

周恩来问工作人员:

"电讯室在哪里?"

工作人员:"在梅园17号。"

周恩来:"跟延安的联系正常吗?"

工作人员:"很正常,周副主席,只是同中原军区的联系突然中断。"

周恩来:"唔?!要继续联系,有情况立即报告。"

工作人员退下。

邓颖超:"恩来,看来中原方面要出问题。"

章文晋进客厅:

"周副主席,有一位小姐在门外求见。"

邓颖超:"恩来,情报好准喔。我们还没来得及喘气,就……"

章文晋:"给小姐开车的,好像是美国新闻处的威廉·吴。"

周恩来:"哦,是他!怪不得对我的行踪了如指掌。文晋同志,你就请小姐进来吧!"

章文晋离开客厅向院子里走去。

邓颖超端起竹壳水瓶在茶壶里沏好茶。

这时,章文晋陪着舒菲走来。舒菲,20多岁,白旗袍、白半高跟鞋、白皮包,头戴一朵小白花,眼含哀戚,却落落大方,看得出是名门闺秀。

章文晋:"周副主席,这是舒菲小姐。"

周恩来:"噢,你是……舒逸鹤先生的女公子吧?"

舒菲浅浅一笑,微微颔首。

邓颖超:"舒小姐,请坐。舒先生我们熟识。"

舒菲坐下来。

章文晋敬茶。舒菲致谢。

周恩来:"舒小姐,你看上去像是遇上了不愉快的事。"

舒菲抬起眼睛:"我的先生郭宗汉上校调到东北后……被你们共产党……杀害了!"泪流满面,哽咽失声。

周恩来感到十分突然:

"会有这种事?小姐,你的消息是从哪里得来的?"

"郑介民将军亲口告诉家父的。"

"军统?他们在北平一再造谣生事,栽赃中共。他的话是不足为凭的。不过,东北打得激烈,国共双方都有伤亡,郭先生会不会在战场上……"

舒菲站起来，直视周恩来，眼含怨恨：

"不，他是被共军俘虏后杀害的！"

周恩来迎着舒菲的目光：

"不，舒小姐，我还是不能相信。当然，我没有根据，但是我会弄清事实真相的。请相信我。"

舒菲："看得出来周先生是个正直的人，但愿你们中共的人都能像您一样正直，一样真诚。我不明白，你们为什么要跟政府军兵戎相见，阻碍政府接收东北？连年内战都给老百姓带来了什么？这个国家不能再打下去了……周先生，请接纳一个未亡人的吁求吧！"

舒菲向周恩来深深一躬，有顷，才直起腰来，用迷茫的泪眼看着周恩来。

窗外雷声隐隐。

周恩来："舒小姐，我理解你的心情，请容我以时间，好吗？"

工作人员匆匆进来：

"周副主席，急电。"

舒菲："那么，我告辞了。打扰了……"

周恩来送到客厅门口。邓颖超、章文晋送舒菲到大门前。

雷声隆隆。闪电之后，一声炸雷。

周恩来看过电报，浓眉紧锁。

邓颖超走进客厅。

周恩来把电报递给她："中原告急。"

邓颖超："恩来，皖南事变会不会在中原重演？"

雷雨大作。

周恩来拿起话机，拨号："喂，我是周恩来，我要跟马歇尔将军通话。"

邓颖超递过一杯茶水，周恩来一饮而尽。

周恩来:"将军阁下吗?我方为执行1月3日停战令,移防湖北大悟县宣化店,可是政府调集30万大军实行聚歼。"

马歇尔:"哦?有这样的事?事关重大,我们还是当面磋商一下,好吗?"

周恩来:"好的,将军阁下。我这就动身去您那里。"

章文晋连忙出去,喊道:"司机!马上出车!"

雷霆大作,暴雨如注。

周恩来大步走出客厅,穿过走廊,向雷雨中走去……

一道闪电照亮他的身影,然后是一串滚雷。

邓颖超注视着周恩来走出院门,登上汽车。

轿车在暴风雨中驶离梅园……

初夏。南京街道。雨夜。

周恩来的轿车在行驶。

副官方穆发现车镜中有一辆车尾随。

方穆:"周副主席,有人跟踪。"

周恩来看也没看:"不用甩掉它,我们到马歇尔哪儿,他不会感兴趣的。"

两辆车相继过画。

两辆车咬得很紧。

初夏。宁海路5号门口。雨夜。

一辆轿车急驶而来。

周恩来的车停下,章文晋下车。

方穆下车开门,周恩来下车,急忙走进宁海路5号:

沃伦已经打开门:"周将军请!"

字幕:1946年5月3日马歇尔官邸

初夏。宁海路5号。客厅。夜。
周恩来显然有些激动:"将军阁下,中原局势已经迅速恶化,我方为执行1月3日停战令,移防湖北大梧县宣化店,可是政府调集30万大军实行聚歼。"
马歇尔声音很大:"这可能吗?不可能!蒋主席这样做岂不是将失信于天下吗?"
周恩来:"言而无信,这难道是第一次吗?将军阁下,对于蒋介石,不仅要看他怎么说,还要看他怎么做。"
凯瑟琳走下楼。
周恩来起身歉意:"对不起夫人,事关重大,深夜打扰了。"
凯瑟琳:"周先生是我们十分亲近的朋友,只是我提醒乔治说话不要激动了。"
马歇尔:"亲爱的,知道了,你去休息吧!"
凯瑟琳:"周将军再见。"
周恩来:"情况危急,我要求三方代表立即赶赴中原视察。"

初夏。南京机场。雨。
乌云、闷雷、大雨如注。
周恩来在候机室徘徊,不时地看看手表。
副官方穆一溜小跑来到周恩来身旁:
"徐永昌电话说,蒋介石在找他,希望推迟到下午。"
周恩来:"这明明是拖延。"

飞机在停机坪的大雨中。

天空雨云游动。

几双脚急忙忙进来。

周恩来，徐永昌走来。

字幕：徐永昌　国民党军委会军令部部长

徐永昌看看天："这天气，能飞吗？"

周恩来："徐部长，你应该相信自己空军的飞行技术，何况我们是为和平去汉口，上帝会保佑的。"

周恩来到飞机前。

飞机螺旋桨转动。

飞机起飞上天。

初夏。武汉。杨森花园。日。

大厅，周恩来从楼梯上下来。

字幕：1946年5月6日　汉口杨森花园

副官迎上去："周副主席，徐永昌说他身体不适，改由武汉行营副参谋长王天鸣带去宣化店。"

周恩来吁了一口气，拍了一下楼梯扶手："走吧。"

副官方穆："周副主席，他们降低代表级，是故意让我们的面子过不去。"

周恩来径自向前走："现在还谈什么面子，想一想中原军区6万指战员正处在30万国军的包围之中，我就恨不能插翅飞过去。"

周恩来快步上车。

车门关上了，周恩来挥手："走！"

……美式吉普挣扎在崎岖泥泞的乡间小路上。

吉普车停在一条浊流滚滚的河边。

周恩来、白鲁德下车，他们感动地望着赶来的乡民。

七八个乡民扛起吉普车蹚过河去……

《解放日报》头条——

关于停止中原内战的汉口协议

梅园。周恩来夫妇卧室。清晨。

邓颖超在鸟鸣声中醒来，发现周恩来已不在身边。

梅园。周恩来办公室。清晨。

办公桌上散放着一些文件。

从窗外射进来的阳光照着在靠椅上睡去的周恩来。

邓颖超将一块毛毯轻轻盖在他身上，他还是醒来了："怎么，我睡着了？"

邓颖超："奔波了几天几夜，签订了'汉口协议'，中原问题总算解决了，你该多睡一会儿。"

周恩来站起来伸了伸懒腰：

"中原仍然危机四伏，我只不过在尽力推迟内战爆发的时间，好让我们的部队作好突围的准备。"

周恩来拿起剃须刀刮胡子：

"马歇尔今天请我共进工作午餐。"

"老将军总不会给你设一场鸿门宴吧？"

周恩来："马歇尔一心一意在国共两党之间做裁判，而他又无法做到不偏不倚……""呲"的一声，脸上划了一道口子。

邓颖超忙用白毛巾在丈夫伤口上按了按：

"你呀，刮胡子毛毛躁躁，胡子哩，又多又硬……"

周恩来："要不，董老就说我的胡子是'过街青'啦，在街这边刮了，跨过街去胡茬又冒出来了！"笑起来。

邓颖超："哎，小心别再刮个口子。"

过道上。

吴珊与方穆迎面而来，同时停步，四目相视。少顷，方穆向院子里走去，吴珊回眸。

邓颖超转身时不经意看到了上述情景。

周恩来办公室。

吴珊："周副主席！"

周恩来："吴珊？进来吧！"

吴珊将一叠材料交给周恩来：

"这是外电译稿，翻译的时候我整理了一下，便于您在很短的时间内了解国际动态。"

周恩来看了看材料：

"小吴，你的译稿很顺，编得也精炼，不错嘛！"

吴珊："周副主席，我可经不起表扬。"

周恩来："哦，是吗？"

吴珊："领导一表扬，我就手和脚都不知该往哪儿搁。"

周恩来："那么领导批评呢？"

吴珊："我就一个人回到宿舍去哭。"

周恩来、邓颖超都笑了起来。

邓颖超："小吴哇，什么时候才能吃到你的喜糖啊？"

吴珊脸一红，转身就走，到了门口才又站住：

"没有事，我走了……"

周恩来："小超，你讲话总不会无的放矢吧！"

邓颖超："嗨，吴珊跟方穆在重庆曾家岩就挺好的。"

周恩来："哦？我怎么没发现？还是你们女同志心细……"瞟了一眼邓颖超。

邓颖超："好了，该去吃早饭了。"

初夏。宁海路5号。花园。晨。

凯瑟琳哼着歌曲在园中浇花。马歇尔在她身后轻轻搂住她肩膀。

凯瑟琳："乔治，亲近大自然，人和人相爱，是世界上最美好的事情。"

马歇尔接过凯瑟琳的喷壶浇花：

"你又在幻想了，我的艺术家。"

凯瑟琳采摘鲜花。

凯瑟琳："真正的艺术家都希望人类成为亲兄弟，永远不做手足相残的事情。"唱起贝多芬的《欢乐颂》。

马歇尔笑了："是不是艺术家都是长不大的孩子？"

凯瑟琳："乔治，我多么希望中国马上就出现和平。"

马歇尔："我何尝不希望如此？可现实是中国的内战在扩大，国共双方谈不拢。共军占领了长春，可政府却坚持要共军撤出。我今天请周恩来会晤，就是为了谈这件事。"

凯瑟琳："乔治，我喜欢周恩来。据说，他曾是个独身主义者。"

马歇尔："哦，凯瑟琳，我可没向你提供过这样的备忘录。"

凯瑟琳："可是他终于为了邓颖超抛弃了独身主义，从巴黎写信到中国向她求婚。乔治,很罗曼蒂克,是吗?"

马歇尔:"他们俩都是理想主义者。他们的结合是为了理想。"

初夏。美龄宫。晨。

宋美龄做毕晨祷,走进餐室,在蒋介石对面坐下:

"达令,你猜我晨祷的时候想到了谁?

蒋介石:"谁?想必是我。你一定是在为我早日统一中国而祈祷。"

宋美龄挥去女侍,端起一杯牛奶:

"不,我想到了斯大林。"

蒋介石:"美龄,你怎么会在上帝面前想到了那个无神论者?他可是个城府很深的人。"

宋美龄往面包上抹着果酱:"不然,他怎么会在长春问题相持不下的时候邀请你访问苏联?"

蒋介石:"哦,谈谈苏军撤出,我方接收主权,这只是表面文章而已。眼下,只要我蒋中正踏上苏俄的土地,不管缘于何种原因,都会引起美国误解。斯大林邀请是名,离间是实,真可谓用心良苦!"

宋美龄用餐巾揩揩嘴,站起来向丈夫走去:

"达令,我就知道你不会做那种令亲者痛仇者快的事情。"吻了吻蒋介石的额头。

一辆轿车在梅园 30 号门外停下。

沃伦下车。

周恩来走出来。

沃伦为周恩来拉开车门,待周上车后,才与章文晋先后登车。

轿车徐徐驶出梅园新村……

轿车内。

沃伦："马歇尔将军对周将军非常尊重。他认为周将军是中共最杰出最有个人魅力的人物。"

周恩来："我对马歇尔将军也是非常尊重的。我希望他在中国事务中一如既往地发挥积极的影响。"

沃伦："他希望中国能尽早实现政治民主化，军队国家化。"

周恩来："沃伦先生，对将军的终极目标你如何看？"

沃伦："这是将军的美好愿望。可是中国的百姓不需要民主，他们倒是需要一个皇帝。周将军，很抱歉，我有点放肆了。"

轿车停在宁海路5号门前。

沃伦下车，为周恩来打开车门。

沃伦陪着周恩来、章文晋走进宁海路5号。

马歇尔与凯瑟琳从小楼的台阶上走下来迎接周恩来。

周恩来满面春风：

"夫人，将军，很高兴受到你们的邀请。"

凯瑟琳："周将军是经过两万五千里长征的，斯诺曾把你的大胡子描绘得很有传奇色彩。"

周恩来："唔？看来，我该考虑一下再把胡子留起来。"

说着，他们已走进大客厅。

大客厅。

落地收音机上的唱机，一张唱片在旋转。客厅里回荡着一首美国民歌。

凯瑟琳指着墙上的镜框：

"这是周夫人在重庆送给我的单瓣野蔷薇，我把它做成了标本。"

周恩来："夫人真是有心人。"侧耳倾听，"这首民歌也十分优美。"

马歇尔会心地笑了。

凯瑟琳："周将军，你能听得出这是美国的民歌？"

周恩来："我推想，这首民歌似乎应该出自宾夕法尼亚……"

马歇尔十分惊讶："周将军何以做出这样的判断？"

周恩来："因为我好像听到歌曲的旋律中，有俄亥俄河在轻轻流淌……"

凯瑟琳："哦，周将军，那条俄亥俄河使乔治日思夜想魂牵梦萦。周将军，您对艺术的感悟令我十分叹服。我要亲自下厨，为您烧两道家乡菜。少陪了。"姗姗离开客厅。

杰西送来咖啡。

宾主相对而坐。一侧是马歇尔、沃伦，另一侧是周恩来、章文晋。

落地钢窗外，浓荫与花卉、假山与喷泉交相辉映，其明与暗、浓与淡、动与静形成鲜明反差。

马歇尔："周将军，中原危机过去了，可是满洲冲突在加剧。一旦大打起来，局势将急转直下。最近，我总在想，国共作为两支球队，需要裁判的决断。"

周恩来呷了一口咖啡，若有所思地放下杯子后抬起眼睛：

"将军阁下，国民党和共产党事实上不是两支球队。您的庄严使命是居间调停。在您使华之初，我们就明确了三人小组，包括军调部，只实行协商一致的原则。"

马歇尔："可是你们国共双方总是对立、僵持，我的建议得不到任何响应。居间调停又当如何进行？"他搔搔稀疏的头发，"如果局面总是这样，我看不出军调部还有存在下去的必要。"

周恩来："是否可以考虑，在国共双方代表不能求同的情况下，由军调部三方委员在24小时内达成一致，或者由三人小组做最后决断。"

马歇尔："周将军的设想虽然实施起来很麻烦，看来还是有了松动。让我们再努力吧！现在迫在眉睫的还是满洲问题。为了不使冲突进一步激化，贵方是否可以撤出长春，在长春设立军调部前进指挥所，而国军留驻目前的阵地。这样，我们就可以坐下来对军队配置和政治问题作进一步的谈判。周将军，除非看到达成协议的希望，我不愿再作劳而无功的调解人。"

周恩来直视眼含迷茫的马歇尔：

"尊敬的将军，您努力制止中国内战的热情和耐心。我一直由衷钦佩。我一定尽快把您的建议转达延安。在困难的日子里，我不愿您放弃调解的努力。"

马歇尔从周恩来的目光里读到了真诚，颇为感动地："幸运喜欢照顾勇敢的人。周将军，让我们勇敢地去做吧！"倏然起身，走出几步喊："杰西！杰西！"

杰西应声出现。

马歇尔："把那台落地收音机送到车上，给周将军带回去。"

周恩来站起来："阁下您这是……"

马歇尔："为了我们有效地合作，我要送您一件礼物，周将军不会谢绝吧？"

周恩来："那就恭敬不如从命了。谢谢将军阁下。"

凯瑟琳走进来。

"午餐准备好了。周将军，我要请您品尝乔治的家乡菜。"

周恩来:"哦,我相信,一定跟宾夕法尼亚民歌一样令人难忘!"

马歇尔、凯瑟琳都笑了。

主宾先后向餐厅走去。

中山陵蒋介石官邸。

蒋介石在内院门口迎接马歇尔。

他们并肩向客厅走去。

客厅。

宋美龄从客厅里迎出来,与马歇尔握手:

"将军,您好。凯瑟琳好吗?"

马歇尔:"谢谢,她很好。"

宋美龄:"凯瑟琳的歌喉一定像她本人一样光彩照人。我闲下来的时候,向名师学画。绘画和歌剧都是艺术,会有许多相通之处。我真想约您的夫人畅叙一次。"

马歇尔:"凯瑟琳不过问政治,主席夫人愿意跟她畅谈艺术,她会非常乐意的。"

宋美龄莞尔一笑:"那么,我稍后就去打电话。"

蒋介石:"将军阁下,中共是否已经同意美方拥有最后决定权?"

马歇尔摇摇头:"可是周恩来可能接受这样的安排:即共军撤离长春,在长春设立军调部前进指挥所,政府军停止向长春前进,双方发出停止前进攻击和追击的命令。这意味着什么?"他转动了一下蓝色的眼睛,"这意味着达成协议的基础已告完成。"直视蒋介石,"在此之际,政府军攻占长春将是不合时宜的。"

蒋介石:"我赞赏将军的见解,不过,将在外君命有所不受。"

马歇尔脸沉了下来。

蒋介石似笑非笑："当然，为了控制局势，不致发生将军所担心的事，5月24日我要动身去沈阳。"

马歇尔："如果真的是将在外君命可以不受，拖延两天是否太长了？委员长该立即动身才是。"起身向外走去。

宋美龄一闪身挡住了马歇尔：

"哦，亲爱的马歇尔将军，最近华府盛传您将奉调回国，这是真的吗？"

马歇尔："这首先要看国共双方是否都有诚意缔造和平。如果我来华调停的使命难以完成，杜鲁门总统会命我回国的。"

宋美龄："不，将军，您不能走！"挽住马歇尔的胳膊。

马歇尔不由地向她投去亲切的一瞥。

宋美龄向蒋介石使了个眼色，蒋介石也走过来："我保证跟将军愉快地合作下去。"


马歇尔的轿车内。

马歇尔的轿车驶离中山陵蒋介石官邸。

车窗外闪过法国梧桐的浓荫遮天蔽日……

马歇尔："沃伦，蒋介石表示要跟我愉快地合作下去，你是否相信他的诚意？"

沃伦："事实是他的军队打了四平，又向长春进军。"

马歇尔："如果他不听我劝阻，真的占领了长春，我将如何面对周恩来？"

沃伦："蒋介石反复无常，高深莫测，他或许会以突然军事行动逼迫中共让步，逼迫我们修正立场……"

马歇尔陷入沉思，蓝色的眼睛出现了疑虑和困惑的神情……

初夏。宁海路5号院子。

马歇尔的轿车驶进宁海路5号。

马歇尔从车上下来,凯瑟琳便满面春风地迎过来:

"啊,乔治,星期天我们去洗温泉浴,如何?"

马歇尔感到很突然:"凯瑟琳,你这是……"

凯瑟琳:"在汤山,不远的!"发现丈夫精神恍惚,"怎么,蒋夫人没告诉你?"

马歇尔摇头:"他只是说……要跟你畅谈艺术。"

凯瑟琳:"畅谈艺术,这就对啦!在大自然的怀抱里才能找到艺术的真谛,不是吗?"

凯瑟琳:"她说那儿流水潺潺,绿树成荫,是一个充满诗情画意的地方。"

马歇尔:"这么说,蒋夫人已经来过电话啦?!"

马歇尔:"听说,还有委员长夫妇的专门浴池呐!"

凯瑟琳:"那么,乔治,你答应了?"

马歇尔挽起爱妻的胳膊,眨了眨眼睛,无奈地摇摇头,走进楼中。


梅园。晨。

周恩来与邓颖超并肩走进餐室。

周恩来在餐桌前坐下:

"哦,小米粥,好稀罕!它让我想起了延安。"

邓颖超给他盛了满满一碗。

周恩来尝了一口泡菜:

"嗯,泡菜也很正宗,还有盐渍竹笋,我要胃口大开了。"

邓颖超:"那你就多吃点。你忙起来不是忘了吃饭,就是吃也心不在焉。"

周恩来瞟了妻子一眼：

"小超，看来周恩来是一无是处了，连吃饭都有这么多缺点错误亟待改正。"

邓颖超看到周恩来吃得很香，欣慰地笑了：

"这就对啦，改正不能停留在口头上。"又给丈夫盛了满满一碗小米粥，"菜包子，吃。"

他们刚刚走出餐室，工作人员就送来电报：

"延安来电。"

周恩来看电文，最后读出声来："……我们在目前对时局的方针，是避免挑衅，拖延时间，积极准备。"

邓颖超："国民党占领四平后步步紧逼，不拿下长春是不会罢休的。"

周恩来："蒋介石一旦占领长春，气焰会更加嚣张，谈判必将受阻，全国内战一触即发。"

邓颖超："到那时候，马歇尔的态度会不会因形势而发生变化？"

周恩来沉重地吁了一口气。


梅园新村。

陶行知，平头，团脸，戴一副宽边黑眼镜，看上去是一个睿智的老者。他乘坐一辆黄包车来到梅园弄堂里。

拐角上，正在掌鞋的男子抬起眼睛向他投去阴沉的一瞥。

黄包车刚刚在梅园 30 号门前停下，对面算命先生面带诡谲的微笑，喊了声：

"老先生相貌堂堂，算一卦吧！"

话音刚落，梅园 31 号阳台上便有人伸出头来。

陶行知看到了这一切，神情却十分泰然。

梅园新村 30 号。

周恩来、邓颖超匆匆出迎。

周恩来："啊，陶先生，劳您自己跑来。我关照过齐燕铭。您要来，就派车去接。"

陶行知："恩来先生，你我还拘泥于此？"看上去颇为从容。

邓颖超："这一带情况复杂，多有不便。"

陶行知瞟了一眼 31 号阳台：

"是不是让您的邻居平添几分忙乱？"悠然一笑，"我曾是国民参政员，谅他们不能把我怎样。"

邓颖超："总是小心一些好，陶先生是国内外享有盛名的学者。"

他们已走进客厅。邓颖超为陶行知敬茶。

周恩来："人也真怪，刚到南京，又怀念起重庆来了。"

邓颖超："恩来常常提起您那间逸少斋。"

周恩来："我们在一起彻夜长谈的情景历历如在眼前，那桐油灯毕毕剥剥地响，园子里的紫薇花飘来一阵阵清香……"他闭上了眼睛。

陶行知："哦，真想不到，十年谈判没有磨灭您的诗人气质。"

周恩来摇摇头："陶先生，我一直把您当作一位诤友。中国知识分子刚正不阿，上下求索，虽九死而未悔的品格在，您身上得到集中的体现。您的一生是该总结一下的。"

陶行知："我想过，为自己是没有意义的，只有为大众才有意义。"做了个洒脱的手势，"如果后人认为有必要整理我的思想和实践，那也是为大众而不是为个人，因为我已经死了。"

邓颖超为陶行知续茶：

"陶先生真是个彻底的唯物主义者。"

陶行知饮茶后抬起眼睛望着周恩来：

"恩来先生，我该留在南京，还是到上海去？"

周恩来："您的想法呢？"

陶行知："我有些举棋不定……"

周恩来："陶先生，全面内战已到了爆发的边缘，我们必须在国统区掀起大规模爱国民主运动，发动群众，反对内战。前些天，上海人民团体联合会已成立，有许多事要做……"

陶行知站起来：

"既然如此，我尽快到上海去！"

邓颖超："难得见面，在一起吃顿中饭吧！"

章文晋进来：

"周副主席。马歇尔将军约见。"

宁海路5号。

花园里，鲜花如织。银杏树下放着几把高靠背白色藤沙发。

周恩来、章文晋、马歇尔、沃沦分别坐在藤沙发上。杰西送来饮料后退下。

周恩来："将军阁下，中共部队已于昨日撤出长春。现在，是否该立即实行您的主张：在长春设立军调部前进指挥所，政府军停止向长春推进，双方发出停止前进、攻击和追击的命令。"

马歇尔："周将军，我很感动。我看到了贵方的诚意。我因此看到了乐观的前景，只是蒋委员长已飞往沈阳，行前他也许过诺，我们还是等待他采取的步骤吧！"

杰西拿着一份文件从小楼里出来。

沃伦迎上去，接过文件，看完后便皱起了眉峰，他想了想，神色沮丧地走向马歇尔。

马歇尔："沃伦，发生了什么事？"

沃伦："美联社沈阳来电：政府军已进入长春，又继续向吉林、辽源、伊通大举推进。"

周恩来发出一阵冷笑。

马歇尔在一阵惊愕后变得难以自制，猛地站起来骂了一句："这狗娘养的！"他在草坪上转了几圈，遂又站住，仰天长叹。少顷，转过身万分无奈地，"周将军，永远是我本人在一厢情愿！我真不知道，什么时候才能让人愉快起来……"

周恩来："为了实现全面停战，我们撤出长春，做出了重大的让步。"从沙发上站起来，"可有人不要这种和平谈判的氛围，他们要的是仇恨、炮弹和廉价的鲜血！"

盛满殷红葡萄酒的高脚杯碰在一起汁液四溅，然后是欢声四起……

沈阳。

在杜聿明举行的盛大宴会上，蒋介石笑微微地站起来。

宴会厅顿时掌声如潮。

蒋介石："……周恩来在谈判桌上得寸进尺，想用谈判拖延时间，阻挠政府接收东北主权，我岂会上当受骗？"接过俞济时递过的白开水喝了一口，"但是，马歇尔并未识破共匪奸计，一再袒护，我岂能坐失战机？我权衡利害，"瞥了杜聿明一眼，"决定让杜司令长官收复长春。长春一役，将成为东北战局的转折。"

掌声又起。

宋美龄走到杜聿明、熊式辉面前，与他们碰杯："熊主任、杜司令长官,有二位坐镇东北,委员长和我就放心了……"

四方城。日暮时分。

轿车在中山门外行驶。重重绿荫把夕阳斜晖切割得斑斑驳驳。四方城上一片归鸦,给古老的遗迹平添几分寂寥与伤感。

马歇尔走下轿车,茫然进入四方城堡。

他缓缓穿过断恒残壁,在空荡荡的院墙内踯躅俯仰……

马歇尔蓝色的眼睛里贮满压抑与失落:

"我感到自己被抛在四顾无人的荒原上,身边没有一个人……"

沃伦出现在断垣后面:"将军,沃伦和你在一起。"他向马歇尔走去。

马歇尔:"谢谢,沃伦,谢谢你的忠诚。只有你了解我的痛苦和快乐。"

沃伦:"言而无信,是人类最可恶的品质。史迪威将军对蒋介石的评论并不过分。"

马歇尔:"可是他代表当今的国民政府。"

沃伦:"他也应该明白你代表美国政府。中共撤出长春,他乘机占领长春。他有意推迟两天飞往沈阳,为的是腾出时间让杜聿明将在外君命有所不受。之后,他对你的几封电报不予理睬,有意中断了与我们的联系……"

马歇尔:"他使我无法面对真诚合作的周恩来……"

沃伦:"对于刚愎自用、言而无信的蒋介石,将军是否考虑采取魏德迈的办法……"

马歇尔:"在他屁股后面踹上一脚?"咯咯地笑了。

沃伦:"这一脚要踹得重一点,才能逼迫他有所收敛。"

马歇尔:"那就只有宣告退出调停。"

沃伦："将军，你是对的。我们必须如此。"

中华门。晨。

邓颖超挽着周恩来拾级而上。

邓颖超有点气喘了："恩来，自从我们在一起，一直在爬坡，好像永远没有到顶的时候。"

周恩来侧过脸看着她："小超，谁叫你找了我这么个不安分的伴侣？"站下来，掏出手帕替妻子轻拭额上沁出的细汗。

邓颖超："这也是命运？"

周恩来点头："这是命运。我们命中注定要在一起攀登，向前，一直到最后。"

邓颖超又挽起她的胳臂：

"那就走吧，一直到共产主义。"

周恩来："也许我们看不到那一天，可是我们会迎来人民当家做主的中国。"

他们已来到城墙上面。

邓颖超："恩来，到延安三天，收获很大吧？"

周恩来："向党中央汇报了谈判情况，在一起研究了全国形势，确定了下一步谈判方针：竭力争取和平，哪怕短时间也好。"

邓颖超："看来谈谈打打的局面，还要维持一个时期啊……"

周恩来："毛主席说：美国政府助蒋内战的面目，已看得越来越清楚了。马歇尔也不再是三月以前的马歇尔了。但还是不能跟他弄僵，能争取则争取，该斗争就斗争。"

邓颖超："这个人很矛盾，为人也不坏。他起码还可以牵制蒋介石。你看，他一宣布退出调停，蒋介石就同意东北休战 15 天。"

周恩来："小超，这只是他的一面……"

## ·亨·

初夏。梅园 30 号。日。

周恩来从书房端了一杯水走进客厅。

周恩来:"董老,宋美龄的信,你有何感想?"

董必武放下手中的信件:"宋美龄既不是国家元首,又不是党内要人,竟然代表蒋介石给马歇尔写信。实属天下奇闻。慈禧听政尚且垂帘,宋美龄连帘子都丢到一边去咯!"

周恩来笑了:"她不满足于做一个第一夫人,事实上,她已成为蒋的另一个侧面。"

邓颖超从过道送水瓶走进客厅又退了出去。

董必武:"小超,你怎么走了?"

邓颖超:"你们在谈事情。"

董必武看看周恩来,两人相视而笑。

董必武:"小超就是小超。不该听的从来不听,不该管的从来不管。不过,这封信你倒是该看一看。这样,你就会知道世界上还有另一种女性。"把宋美龄的信递给邓颖超。

邓颖超看了几行不屑一笑:"宋美龄成了蒋介石的代言人了。蒋不是一再说,只要得到长春,就坐下来谈判,永不再打了吗?怎么现在又来了个三项条件?"

董老和周恩来摇头笑笑。

邓颖超有些激动:"什么停战,把我们部队整了,让我们把那么多地方交出去,我们还有什么?还谈什么?"

周恩来:"所以我想把这三项条件变成三根绳索奉还给他,捆住他自己的手脚。董老,你看,我们这样给马歇尔回传!"说完,喊:"章文晋!"

章文晋进来。

初夏。宁海路5号阳台花园。

楼上传来凯瑟琳练唱的歌声。

马歇尔在大客厅外的阳台上徘徊。

沃伦从里面出来:"将军,周恩来的回信到。"

马歇尔骤然停住脚步:

"宋美龄的三项条件,他能接受吗?"

沃伦耸耸肩:"一句两句说不清。东方人讲话充满了玄机。"

马歇尔思考着向草坪走去。沃伦跟在后面。

马歇尔倏然转身:

"他接受了,还是略有松动?"

沃伦困惑地:"可以说接受了……也可以说……没有。"

马歇尔:"这是什么意思?"隔着喷泉的水雾歪头打量沃伦。

沃伦:"比如,蒋夫人提出的执行三个协定,周恩来原则上同意,却认为3月27日停战令应同时予以实施。那停战令必然会捆住政府军的手脚,使其不能轻易动作。"

马歇尔:"嗯,在肯定的基础上再加一码,不仅否定了对方,还起到反戈一击的作用。讲!"

沃伦:"关于主权问题,周恩来认为,苏军已全部撤出,接收主权的程序自当宣告完成,中国不再存在谁妨碍谁接收主权的问题。"

马歇尔:"中国主权,国共共有!?这种解释方法实在令人惊叹。虽然有些强词夺理,却又实在无懈可击。"

沃伦:"将军,这就是周恩来的高明之处。对你提出的问题常常是欲擒故纵,忽又乘你不备,提出新的问题,让你陷于被动的境地。"

马歇尔:"周恩来的谈判方法真可谓炉火纯青。这是我所见到的最有才华的外交家。只可惜。他没有出现在国民党人中间。"

初夏。梅园 30 号。夜。
小楼传出笑声,温暖的灯光洒在院子里。

31 号窗口有人窥视。
记录一页:
6 月 5 日,无人来。
6 月 6 日,一个送菜的人,查实郊区农民。
6 月 7 日,一中年妇人来后,院子很热闹,待查。

周恩来和副官从外面走进来。
大家高兴地迎上去。
邓颖超迎出来:"恩来,你看,这是谁来了?"
周恩来向会客厅里望去,
一个苏北装束的中年女人从沙发上款款站起。
周恩来努力辨认着对方,脸上现出迷惘的微笑。
中年女人:"大鸾,不认识我了?"
周恩来恍恍惚惚:"你是……小大姐?!"
叫小大姐的中年女人又惊又喜:
周恩来上前紧握她的手:"小大姐……"
"哎呀,三十多年了,大鸾你没忘记,真是好记性!"

周恩来握住小大姐的手：

"从小一起长大的嘛！老邻居，怎么会忘？我没有姐姐。你一直像姐姐一样待我……坐，快坐！"

他与小大姐并肩坐下。

小大姐："唉，一转眼，快50岁了。老啰！"

周恩来看看小大姐：

"小大姐，你才比我大一岁，怎么都有了白头发？"

小大姐摇头叹息："男人得了痨病，早早过世，上有老，下有小……"

周恩来："现在过得怎么样？"

小大姐："自从淮安建立了民主政府，日子好过多啦！还真要感谢共产党哩！听说，你现在是党里的头？我早就说，大鸾长大了，肯定有出息。"

邓颖超给小大姐续茶，又给周恩来倒了一杯茶。

小大姐弯下腰把脚边竹篮上的土织手巾揭开："大鸾，你看我给你带来了什么？"捧起竹篮。

周恩来眼睛一亮："香油茶馓！？"

小大姐："快尝尝！吃了它，你该想家了。"

周恩来连忙掰下几根馓子，就着茶水吃起来："嗯，还是那么好吃！香、酥、甜、脆。小超，你也尝尝！"

邓颖超尝了一口又仔细地看："就凭这馓子，就知道淮安人的手有多巧！"

周恩来慢慢地咀嚼着陷入回忆之中：

"小时候……妈妈坐月子，吃香油馓子，我闻到香味……"

小大姐感动了。

周恩来:"……远远地站着看妈妈吃。妈妈就把馓子分给我,看着我吃下去……想起那时候真不懂事。"

周恩来哭了。

"母亲在我八岁时就去世了。世事沧桑,一转眼就是三十六年。三十六年了,也没到坟头上去祭扫一下。我真是不孝……"

小大姐:"大鸾,别难过。这回,抽个空,跟我回家去看看吧。啊!"

周恩来沉重地摇了摇头,长长地吁了一口气:

"小大姐,这样的形势,我还不能……请你帮我到母亲坟上看一看,向她老人家……告个罪。"

初夏。飞机上。

周恩来和章文晋、副官陪同三人在飞机上。

字幕:1946年6月19日

周恩来若有所思,忽地招呼方穆:

"请波特上尉绕行淮安上空。"

方穆走到周恩来面前:"周副主席要看一看家乡?"

周恩来目光一闪,拍了拍副官的肩膀。副官当即向驾驶舱走去。

周恩来俯视舷窗外的山川、河流。

一片片流云挡住了视线,然后是一直铺展到天际的白云。

方穆:"淮安要到了!要降落吗?"

周恩来:"不,飞低些。"

窗外仍是一片云海。

周恩来:"飞低些!"……

周恩来:"再低些!"……

窗外的云海化作一片迷雾。

"周副主席，不能再低了，能见度太低，会出事的。"

周恩来仍然看不见，他无奈地摆摆手。

飞机在迷雾中扬起机头，向高空升去。

周恩来心情复杂地闭上眼睛。

厚厚的云层。

周恩来疲惫而又苦涩。

窗外厚厚的云层。

周恩来："淮安，我还是没能见到你。母亲，请原谅你的儿子吧……"

云层深处露出霞光一片。

初夏。宁海路5号。客厅。日。

"啪"一声，马歇尔将苏联驻华大使声明摔在桌上。

"苏联撤出满洲才一个月，斯大林就按捺不住了！"

沃伦："将军，苏联驻华大使的声明说明满洲问题已经成为美苏共同关注的焦点。"

马歇尔："沃伦，你知道，问题不在于满洲事务如何复杂，而在于国共双方各执一词。背道而驰。三人小组以至军调部内谁说了也不算。"

沃伦："看上去，他们像是不需要裁判。"

马歇尔："国共作为两支球队，没有美国最终作裁决是不行的。让蒋介石东北休战十五天再坐下来谈。从二战到现在，我还没有过失败的记录。"

沃伦："你已经尽职了,将军,这是在中国。"

马歇尔又有几分无奈。

夏。梅园 30 号。院子——客厅。

董必武迎上去："恩来回来了。"

二人紧紧握手进屋。

董必武："恩来,到延安三天,收获很大吧?"

周恩来："向党中央汇报了谈判情况,在一起研究了全国形势,确定了下一步谈判方针:竭力争取和平,哪怕短时间也好。"

董必武："看来谈谈打打的局面,还要维持一个时期。"

周恩来："毛主席说:美国政府助蒋内战的面目,已看得越来越清楚了。马歇尔也不再是三月以前的马歇尔了。但还是不能跟他弄僵,能争取则争取,该斗争就斗争。"

周恩来、邓颖超刚刚走进院子,章文晋就迎出来:"周副主席,舒菲小姐来了。"

周恩来："哦,是我约的。你去把她丈夫的信拿来。"

周恩来、邓颖超走进客厅。

周恩来："舒小姐,让您久等了。"

舒菲站起来:"周先生……有消息了?"眼含忧伤和期待。

周恩来："噢,请坐下来谈。"坐下来,"您先生确实被我方俘虏了,但他并没有被杀害……"

舒菲："他还活着?!"

章文晋进来,把信送给周恩来。周恩来又将信交给舒菲:

"这是郭先生留给您的,看后自会明白一切。"

舒菲抖抖瑟瑟地打开信笺，画外响起郭宗汉的声音：

亲爱的菲：

别来无恙？我奉调关外，你的音容笑貌却时时在我眼前萦绕。杜司令长官原说要我们从日寇和苏俄手中接收东北主权。万万没想到，对手却是自己的骨肉同胞。我们用美制精良武器残杀兄弟，这违背了我投笔从戎的初衷。在一场混战中，我方飞机乱投炸弹炸断了我的右腿。我却像一条狗一样被丢在了战场上……是共军把我送进了医院。我身已残，心已碎，既看不到国家和平的希望，更看不到你我未来的幸福，不愿再苟活人世，拖累亲人。在这诀别的时刻，我祈祷万能的上帝赐和平于中国，赐幸福于你……

宗汉绝笔

舒菲读罢信件，伏在沙发上恸哭不止。

邓颖超抚慰她："舒小姐，你要爱惜自己。人死了不能复生。可郭先生毕竟是个深明大义的人。"

舒菲抽泣着："邓先生，您不知道我们是多么相爱……早知如此，我死也不能放他去东北呀……"定了定神，"哦，周先生，他是怎么死的，您知道吗？"

周恩来："郭先生一直失眠，积攒了许多安眠药。据说，他死得很安静。"

舒菲："人活着多难，多痛苦，走了也好，无牵无挂……"

邓颖超："舒小姐，你要振作起来。你先生厌恶内战，他祈祷和平的愿望是那样强烈，我们要一道努力，来实现郭先生的遗愿才是。"

舒菲站起来："谢谢周先生、邓先生，我知道自己该怎样去做了……上次错怪了周先生，我感到十分歉疚……"

周恩来摇摇头："令尊是我们的朋友，从现在起，小姐也是我们的朋友了。"

周恩来、邓颖超送到楼门口。

邓颖超："多保重。"

舒菲回眸："多谢……"

大门外，威廉·吴下车，打开车门，把舒菲扶上车去……


初夏。街上。夜。

车灯划过。

周恩来乘坐的轿车急速行驶。

董必武捧着一只大火腿打量着。

董必武："延安做的火腿北方样子。不像南方的金华火腿。民盟的朋友们可以打打牙祭了。"

周恩来："也算是礼轻情意重吧！"

车镜里有一辆车紧跟。

司机："后面的车在跟踪。"

车内周恩来和董必武瞟了一眼后视镜。

周恩来："甩掉它！不能给民盟的朋友带来麻烦！"

司机脚踩油门。

轿车加快速度。

跟踪车也加快了速度。

前面十字路口亮着绿灯。

董必武："减速慢行。"

轿车减速，缓缓驶去。

跟踪车缓缓跟在后面。

红灯刚要闪亮，

董必武喊了一句："冲过去！"

轿车倏然冲过路口。

跟踪车的司机张望了一下。

红灯亮起，

跟踪车只好留在原处，

司机气急，拍了一下方向盘。

周恩来："董老不老，机敏过人哪！"

董老捋捋胡子，嘴角漾出了微笑。


初夏。蓝家庄门口。夜。

小楼里投出幽暗的灯光。

周恩来、董必武走来。

周恩来望着小楼："蒋介石器量太小。民盟总部居然住这样的房子。"


蓝家庄。夜。

张君劢、黄炎培从狭窄的楼梯上迎下来。

字幕：民盟中央常委张君劢

　　　民盟中央常委黄炎培

张君劢："贵客光临，有失远迎。"

黄炎培："真是失敬、失敬！"

周恩来、董必武与民盟成员热情握手。

客厅十分简陋，摆着几把藤椅。

周恩来、董必武与梁漱溟、沈钧儒等握手。

字幕：民盟秘书长梁漱溟
　　　　民盟中央常委沈钧儒

寒暄后方才坐下。

周恩来打量着寒碜的会客室。

周恩来："各位在如此艰难困窘的条件下，怀着拳拳之心，忧国忧民，奔走呼号，不遗余力，令恩来肃然起敬。"

众人回应："不敢当，不敢当。"

梁漱溟："我们民盟，没有枪炮，没有政权，可以说手无寸铁，足无立锥之地，有的只是一颗祈求和平民主的报国之心。除此以外，岂有它哉！"

张君劢："我们此次从上海来京的，都是民盟的政协代表。"看了一眼沈钧儒。

沈钧儒："眼下，让我们忧心如焚的，当属东北的局势。所以，我们已致电在沈阳羁留的蒋委员长，请他立即回首都来重开和谈。"

董必武："听说各位拜访了马歇尔将军？"

大家点头称是。

周恩来："马歇尔希望民盟做些什么？"

黄炎培："他希望民盟在美方拥有最后决定权的问题上取中立态度。"

周恩来："各位对美方最后决定权怎么看？"

梁漱溟摇头："还没有找到充分的理由来肯定它。不过，蒋介石、马歇尔都是力主美方决定权的，民盟中立，岂不是对中共的压力？"

周恩来："梁先生想得很深。美国帮助国民政府把大批军队源源运往东北，数量之大，远远超过了接收主权的需要，这不是帮助国民党打内战又是什么？在这样的情况下，怎么能把最后决定权拱手送给偏袒一方的美国人呢？"

民盟各位频频点头,众议论:

"周先生所言极是。"

"看来,我们不能保持中立。"

"不仅不能中立,还要坚决反对!"

周恩来目光闪闪地望着民盟的朋友们,站起身来,深深一鞠躬:

"谢谢各位的真诚合作。中国人解决中国问题,是天经地义的事。不管在什么情况下,我们都不能放弃民族的尊严。谢谢,谢谢!有什么事我们多沟通!"

众:"我们一定互相关照!"

董老拿出火腿:"周副主席请大家尝尝延安的火腿。"

众鼓掌:"谢谢!"


初夏。街上。夜。

周恩来乘坐的轿车在行驶。

又一辆车追上。

司机:"跟踪车又出现了。"

董必武:"加速!绕行!把它搞糊涂!"

司机加速疾驶,方向向左打。

特务:"跟着它!"

两轿车钻进巷子。

司机方向急速向右。

特务:"向右!不对,向左。"

汽车急转弯,差点撞到大树。

周恩来的车划过,特务车划过。

初夏。梅园30号门口。夜。

突然车子停下。

两辆车都停下。

少顷。跟踪车正欲逃逸，被周恩来的副官拦住。

方穆："喂，我们已经到了。请下车见个面吧？"

跟踪车上，下来两个形容猥琐的特务。

周恩来走过去："我是周恩来，你们为什么跟踪我的车？"

一特务："周先生，请不要误会。我们是保护您的。"

周恩来："唔？原来是一片好意！请出示你们的证件，我好知道该领谁的情，是CC，还是警察局？"

特务们不肯出示证件。

周恩来对副官："记下车牌号，请警察局查明车主。"转向特务，"下次再盯梢，我立即召开记者招待会，让国内外的报纸来给你们亮亮相！"说罢，昂然走进梅园30号。

特务狠狠地对司机："眼睛瞎了，追到梅园来干什么？"司机瞟了特务一眼。

初夏。美龄宫。

蒋介石在这里设了便宴。

他本人坐在首席，在座的有陈诚、徐永昌、陈布雷和郑介民。

字幕：陈诚

字幕：徐永昌

字幕：陈布雷　国民党中央秘书长

字幕：郑介民

蒋介石："谈判尽管已毫无意义，可是，马歇尔要谈，老百姓希望谈，格末，也只好谈。"端起杯子，喝白开水。

陈诚:"最终的出路,还是军事解决问题。"

蒋介石:"好了,格末,为戡乱成功干杯!"举起。

在座的都举起酒杯:"为戡乱成功!"

只有陈布雷在唇边沾了沾便放下酒杯。

蒋介石把目光投向徐永昌:

"徐部长,你要在美方最后决定权上谈出个结果来!"

徐永昌用筷子搔了搔头:

"伤脑筋的是,周恩来似乎没有一点松动的迹象。"

陈布雷插进来:"罗隆基不是被马帅说动,转而劝说周恩来让步了吗?"

郑介民:"据报,这几天,梅园新村与蓝家庄民盟总部来往频繁,看样子正在会商。"

陈诚挥挥手:"民盟是中共的尾巴,不能抱什么希望!"

蒋介石突然冷冷地看着郑介民:

"郑局长,今天下午谁到病房去看你啦?"

郑介民一怔,放下筷子,挺直身体,仄着头:

"……周恩来去过。"

蒋介石:"都说了些什么?"

郑介民:"回顾了一些往事……"

蒋介石:"往事?往事是很牵动人的情感的。不是吗?"

蒋介石睨了郑介民一眼:"周恩来惯用怀旧之法收买人心。姿态、表演艺术之高明,举世无双。十年来他是中共首席谈判代表,他有黄埔资本,一些黄埔出来的人本能地敬他畏他。因此,更要警惕他在轻松闲聊中软化你们的党见。"

席间一片沉寂,气氛更是沉闷。

张群站起来:"不管他周恩来周恩去,我们总还得听委座的!"

举杯,"为委座的健康,干杯!'

宴会的气氛顿时变得活跃起来。众人干杯。

励志社主楼二楼会议厅。日。

翘檐斗角的楼房掩映在松柏、梧桐的绿荫之中。

会议室内光线黯淡,只有水晶吊灯洒出些许明亮……

马歇尔:"……我说过,国共纷争犹如一场球赛,虽然裁判不受欢迎,但双方都认定必须有一个权威,没有这样一个权威,比赛就不能进行,那就会发展成一场暴乱。中国发生的一切,已经证明了这一点。"

周恩来:"将军的耐心实在令人佩服。我看不出这样做就能对国共双方一视同仁。我不明白为什么要改变三方一致的协议,这使人怀疑,美国要控制中国。这是中共不能接受的。"

徐永昌立即反驳:"决定权问题乃调解者之义务与责任问题,国共双方既承认美国出面调停,就应给予调解者仲裁之全职,自非干涉内政可比。"

马歇尔已少了许多温文尔雅:"美国无意干涉中国内政,我们所做的一切,都是为了在中国实现和平、统一和民主,只是因为中国的事情太复杂,东方人的思维方式不同,难免产生一些误会。比如现在我坐的这个位置,大家谦让,让我坐在这里,绝没有其他的意思。"

徐永昌:"现在最急迫的是东北战斗无法制止,其原因是三人执行小组任何提案都需要三方同意才行。如果国共双方争执不休,战斗就永难制止。依我之见,国共双方无法达成协议时,唯有请美方仲裁。"

周恩来倏然站起来,手指壁上的孙中山画像:

"徐部长，当着孙中山先生的像，我问你：我们中国人的事为什么要让外国人来仲裁？"声音愈来愈激愤高昂，"我们共产党人是国际主义者，也是爱国主义者，如果中共方面提出请苏联人来仲裁，我周恩来就不是周恩来！"

马歇尔大为震动，只好支着脑袋望着西斜的阳光发愣。

徐永昌十分尴尬，稍后，才挤出一丝苦笑：

"那么，我们今天的会谈等于零。周先生，是否没有任何商量的余地了？"

周恩来："……我赞赏马歇尔将军无意干涉中国内政的说法，愿意把将军关于'最后决定权'意见，进一步向延安请示。当前，最紧迫的是变休战延期为永久停战，务请徐部长向蒋委员长报告。"

宁海路5号马歇尔官邸。

马歇尔对面坐着美国驻华新闻处长、汉学家费正清。

费正清："一个时期以来，将军为何用那么多的精力去谈'最后决定权'？"

马歇尔："不值得吗？"

费正清："值得，但无法做到。这几天，我愈来愈感到中国将会掀起一场风暴。"

沃伦插进来："费先生指的是上海、重庆、武汉的反战群众运动？那是对周恩来谈判的一种策应。"

马歇尔："蒋委员长迫于国内外压力，决定满洲休战15天后再延长8天，但又坚持中共部队撤出大城市和铁路沿线，被周恩来拒绝。"

费正清："不知国民政府对可能发生大规模游行示威，是否有所闻？"

马歇尔鄙夷地:"陈立夫不是蒋的专宠耳目吗?什么能逃过他的眼睛?"

上海北站。晨。

陶行知在"欢送上海各界晋京请愿团"的横标下讲话,风吹着他的长袍,他看上去有些苍老憔悴,却仍挥舞着手臂,显得正气凛然,激昂亢奋:

"同胞们!朋友们!八天的和平太短了,我们需要永久的和平;假装的民主太丑了,我们需要真正的民主。我们要用人民的力量制止内战,争取永久的和平。我们要用人民的力量反对独裁,争取真正的民主。"

掌声如潮,口号四起:

"反内战!反独裁!"

"争取人民民主!"

"争取永久和平!"

陶行知在口号声中热泪盈眶,用手帕揩去了额上的汗水……

南京。黄埔路蒋介石官邸。日。

客厅里,蒋介石阴沉着脸走动着:

"前些天,董必武去上海,我就晓得不是好兆头,他是去煽风点火的。接着,周恩来提出东北整军的对案,一步不让,顽梗至极,这不是处心积虑与政府作对吗?现在,他们又煽惑5万人在上海北站闹事,市长和警备司令居然束手无策,让所谓人民代表大模大样登上火车晋京请愿。局面是严重的。你们看怎么办?"

陈布雷、陈立夫、张群、徐永昌、张镇无言以对,一片沉寂。

蒋介石把目光射向陈立夫:

"代表都是什么人物？"

陈立夫："据说有马叙伦、阎宝航、黄延芳、盛丕华、包达三、张䌹伯、雷洁琼、吴耀宗，还有学生代表……"

蒋介石："你看，你看，都是些所谓民主人士，怎么能让他们离开上海呢？"

徐永昌："除马叙伦有名望，大多没什么影响。"

蒋介石盯了徐永昌一眼：

"蠢！共产党狡猾就在于此。中间有几位还是我的旧相识，咳，人事沧桑，昔日朋友竟反目为仇……"跌坐在沙发里。

陈布雷感慨地："想不到盛丕华也混在里面？"

蒋介石："阿丕糊涂，受人利用。他跟马叙伦不同。马叙伦是搞哲学的。哲学就是政治。他搞民主促进会促进啥？莫名其妙！我一直在推行民主，要他促进吗？我看他是居心不良。不说了、不说了，现在这批人已在旅途，何时抵京？"

首都警备司令张镇："晚七点左右。"

蒋介石："你们想让他们如入无人之境地进入首都吗？"盯了一眼张镇，又把目光移到陈立夫身上。

梅园30号客厅。夜。

满脸焦灼忧愤的周恩来不停地拨打电话：

"民盟总部吗？啊，是梁漱溟先生，上海请愿代表在下关车站被围攻毒打，你们要格外小心，以防不测……"

"你是军令部？我是周恩来。请立即转告徐部长，下关在流血，请愿代表在遭难，政府应立即制止事态恶化！"

"沃伦先生吗？下关发生了上海请愿代表被围攻殴打的流血惨案，请将这一事态报告马歇尔将军，越快越好。"

周恩来神色疲惫地坐到沙发上,两手撑着额角。座钟敲了半点,已是凌晨一点半。

电话铃骤响,周恩来拿起话筒:

"……受伤代表已送往中央医院?消息确实吗?好,我马上就去!……好,我会注意的。"

工作人员:"周副主席,中央医院倘若有特务……"

周恩来:"不是倘若,而是事实。电话里说,中央医院门口也聚集了不少假扮的难民。"

工作人员:"既然这样,还是派人代表您去。"

周恩来瞪了他一眼:"人家响应我们号召晋京请愿,不怕挨打流血,我周恩来竟然因难民寻衅,不敢前去慰问,还算什么共产党人?"

董必武:"义所当为,毅然为之。这种时刻,刀架脖子也要去。恩来,我跟你走一趟!"

邓颖超:"我也去。"

董必武:"章文晋同志,马上给首都警备司令部打个电话,通知他们,我们要去中央医院,倘遇不测,账就记在他们头上。"

白下路中央医院分院。夜。

医院门口,宪警出没,便衣游动。

周恩来、董必武、邓颖超等走下轿车,旁若无人地大步走进候诊楼底厅。

几副担架散放在水泥地上。

受伤代表有的在困难地扭动身躯,有的发出痛苦的低吟……马叙伦头部、胸部都已包扎,勉力动了一下,却没有动成。

周恩来为之动容,眼角湿润了:

"夷初先生……您受苦了……"

马叙伦睁开肿胀的眼睛：

"你们都来啦，惊扰啦……"长吁了一口气。

周恩来噙着热泪："真是没想到哇……血，是不会白流的。"

马叙伦攥着周恩来的手，潸然泪下：

"当局是法西斯蒂啊……周公，中国的希望，只能寄托在你们身上了……"

周恩来泪下，摇着马叙伦的手。重重地点着头。

"马先生，我们……一定不辜负……你们。"

邓颖超将水果、点心放在床头柜上。

周恩来为马叙伦盖好床单："多保重……"走向一角的阎宝航。

邓颖超："阎先生……"

阎宝航从昏迷中醒来，欲起身，被周恩来按住："宝航先生，没想到，我们会在这里见面。"

阎宝航："暴徒们把我当成了周先生，大叫'打倒周恩来！'拳脚相加，逼我下跪。我既然是周恩来，怎能向肖小们下跪？"

周恩来蹲下身，与阎宝航执手相看：

"先生大义凛然，威武不屈，恩来无限敬佩。"

阎宝航："我总算有幸做了一回周先生……"微笑，"唉，周先生，说来惭愧，过去，我总劝你们少一些兵，少一些枪。今天，我醒了：你们的战士不能少一个，枪不能少一支，子弹不能少一粒啊！"说着说着，激愤的泪水蒙住了眼睛。

邓颖超："为了制止内战，挽救国运，阎先生要好自珍重啊！"

邓颖超来到躺在水门汀地上的雷洁琼面前。她蹲下身子，看见雷洁琼手臂伤痕处处，血痂还在沁血，旗袍也被撕碎，不禁泪如泉涌，把她抱在怀里。

昏迷中的雷洁琼轻轻呼唤:"水……水……"

邓颖超转身叫副官:"快!快去找些水来!"

邓颖超喂水。

雷洁琼醒来:"邓先生?!"两行泪水流过红肿的面颊。

邓颖超动容:"雷先生,你是中国女性的骄傲啊!"

美龄宫二楼客厅。日。

蒋介石面向阳台而立,有顷不回过身来。

军官要员望着他的脊背,屏气敛声,一脸困惑。

蒋介石突然转身,手指一平头枢要:

"下关的事竟闹成这样,我是怎样交代你的?唵?"

枢要怔怔地:"我,我一心想的是党国利益和首都安宁……"

蒋介石:"我让你往死里打了吗?流了血,事情就闹大啦!"来回走动,忽又站住,"马歇尔一早就打电话质问我。那口气就像殖民地总督。"

一要员:"周恩来已于凌晨去过医院。"

蒋介石厌恶地挥挥手:

"不要提周恩来,我不想听这个名字。你们为什么不晓得抢在他前面去探望一下呢?"

另一要员:"本想去医院,只是夜已深,委座已休息,未便请示……"

蒋介石摆手:"不管怎么说,这次是有教训的。我们同共党,不只在战场上较量,在谈判桌上周旋,最要紧的,还是争取民心嘛!我已决定日内接见请愿代表,抚慰之余,宣示政府的和平诚意。现在也只有这样去亡羊补牢了!"

初夏。灵谷寺。

树荫下,几位中外记者,有的拿着相机,有的记着笔记。周恩来站在台阶上,他身后是董必武。

一位穿长衫的中年记者发问:

"据中央社报道,共军在中原挑动内战,周先生,你对此能否向报界做出负责任的解释?"

周恩来:"我首先要说:中央社对中原形势作了颠倒黑白的报道。"

众哗然。

有人喊:"请讲事实!我们记者只尊重事实!"

周恩来:"事实是国民党三十万大军正在追剿我中原部队。事实是围绕中原问题签订的光山、罗山、汉口三个决议已被国民政府决策人当成了废纸。谁在发动内战,谁在贼喊捉贼,早就应该大白于天下了!我提醒新闻界人士和各界关心国事的朋友,密切关注事态的发展。"

一位年轻的女记者:

"周先生,报载:西窜共军全部就歼。请问,中原共军是否已不复存在?"

周恩来喷然一笑:"小姐,你信吗?我倒是想顺便向您透露另外一个消息:今晚,我将偕夫人去夫子庙'鸿运楼'看高百岁的《徐策跑城》。"

一位老记者插进来:"《徐策跑城》原名《薛刚反唐》,周先生在此时此刻看这出戏,真是意味深长啊!"

记者们发出一片笑声。

周恩来也笑起来。

镁光灯"砰"的一声，拍下了这个十分生动的镜头。

秦淮河一片灯光桨影。
鸿运楼戏院前车来人往，小贩叫卖，便衣出没。

鸿运楼戏院内。夜。
台上徐策拎着袍角边跑边唱……
台下，周恩来眯着眼睛在腿上轻拍节奏。
邓颖超："恩来。有便衣。"
周恩来瞄了她一眼，继续轻拍节奏。
台上，徐策愈跑愈快愈唱愈急。
陡然，观众厅响起一个满堂彩。
周恩来、邓颖超座位已人去座空。

鸿运楼戏院外。
司机正在发动车子，前座钻进个人来。
司机一惊："谁？！"
那人摘下墨镜，原来是舒菲。
司机："小姐，你吓了我一跳。"
舒菲转身，将一摞照片交给周恩来：
"这是我表哥在下关事件现场拍的照片。"
周恩来迅速地看照片。
邓颖超："威廉·吴也在现场？"
舒菲："我俩在美国使馆看《蝴蝶梦》，听说出事了，我叫他赶到现场帮我拍下来作为见证。"
周恩来："舒小姐，你为反对内战做出了贡献。"

邓颖超:"郭宗汉先生的绝笔信发表以后,社会上反响很大。"

周恩来:"舒逸鹤先生怎么看?"

舒菲:"他很吃惊,爸爸没想到我会如此我行我素。不过他也不反对。他把岳怡娶回来做我的继母,也没征求过我的意见呀!"

周恩来、邓颖超都笑了起来。

邓颖超:"看到你现在这样,我真高兴。你真像换了个人似的。"

周恩来:"这里不能久留,我们送你回家吧!"

舒菲:"请把车开到文德桥,威廉·吴在那里等我。"

轿车驶到文德桥下。

另一辆泊在桥边的车里钻出了威廉·吴。


马歇尔骑着骏马在奔驰……

骏马陡然闯入沼泽,愈陷愈深,再三挣扎,几近没顶。

"啊……哦……噢……"马歇尔在床上挣扎

"乔治,乔治!你怎么啦?"凯瑟琳推醒了他,替他揩去额上的冷汗。

马歇尔怔忡了片刻:"……没什么,亲爱的,只是胃有点不舒服。"

凯瑟琳立即下床,找来胃药,倒了杯白水,送到床前。

马歇尔:"没事了,真的没事了……"搂过凯瑟琳,贴着她的面颊。凯瑟琳便上床,依偎在他身边。

马歇尔:"哦,凯瑟琳,宋美龄昨天找你,谈了些什么?最近,她好像跟你打得火热?"

凯瑟琳:"你知道为什么吗?"

马歇尔:"嗯?"摇摇头。

凯瑟琳:"在她眼里,我是马歇尔将军夫人,而不是一个演过歌剧的普通女人。"

马歇尔："你是这样理解的？"

凯瑟琳："你最近警告蒋，国民党所执行的政策将得不到美援。她一再问我，你这样讲是否很顶真？我回答不清楚。她很惊讶。我说我从不过问将军的事。她认为这不可思议。我说不打扰他，让他独自作出判断，这正是我对将军最好的帮助。"

马歇尔激动地把妻子拥入怀中：

"凯瑟琳，凯瑟琳，你回答得太好了。"

凯瑟琳："乔治，尽管她在韦尔斯利女子大学受过非常美国化的教育，她在本质上还是个东方女人。"

马歇尔："她是个很不寻常的女人，可是她太多太深地卷入了丈夫的政务。"

凯瑟琳："哦，无论如何她比她丈夫要可亲得多，不是吗？"

克莱斯勒轿车在梧桐参天的南京街道上行驶……

轿车内。

章文晋："蒋介石总算在谈判桌上露面了。"

周恩来："他也是事出无奈，迫于马歇尔的压力。"

章文晋："会谈地点既不在中山陵官邸，也不在黄埔路官邸，却安排在国民政府，岂不是像帝王召见臣僚那样居高临下，以示正统？"

周恩来讥诮一笑："就此你可以领教蒋的雕虫小技了。我对此毫不介意。"

国民政府。

轿车驶进国民政府大院。

陈诚、邵力子等已在前厅迎候。

周恩来下车后一一握手寒暄。然后,穿过长长的廊道。

走进接待室,蒋介石不在,周恩来瞟了一眼时钟,其时为9点25分。

邵力子便过来与周恩来说话。

周恩来问邵力子:"会议应该是9点30分吧!"邵力子点头。

时钟9时31分。

周恩来站起来,向外走去,章文晋随后跟上。

邵力子:"周先生?"

周恩来转过脸来:"等蒋先生到了,去煦花园找我吧!"

邵力子伸出的手又落了下来。

夏。煦花园。

周恩来漫步花园,来到石舫。

周恩来:"自明代以来,这座花园目睹了几个朝代的兴衰。谁自甘腐败,不顾百姓死活。谁就会被历史埋葬。"

章文晋:"当局者迷,统治者往往看不到自己真正的危机所在……"

周恩来:"唯其如此,他听到了丧钟敲响,却浑然不觉,不知丧钟为谁而鸣。"

章文晋:"这就是蒋介石的悲剧。"

周恩来:"小章,悲剧的帷幕快要落了。你我都能看到这一天。"

邵力子匆匆走来:

"周先生!"

周恩来转身:"蒋先生终于到了?"

邵力子："公务太忙，迟了一刻钟。请吧！"

周恩来淡淡一笑。

## ·利·

时钟敲了十下，蒋介石一身纺绸裤褂，在俞济时侍卫下走进接室。

周恩来站起来。蒋介石只向周打了个手势，并没有与之握手："啊，周先生早到了……"

邵力子一怔。周恩来瞥了蒋一眼，嘴角牵动一下，便坐下了。

蒋介石直挺挺地坐在高背皮椅上，目光并不投向周恩来："本日商谈，希望能对一二重要问题交换意见并得到解决。周先生以为如何？"

周恩来："我认为：商谈重点应该仍然是全面停战和改组政府。马歇尔将军来华调停的目的即在这两个方面。不知蒋委员长是否也有同样的想法？如然，我们今天的话，就讲到一起来了。"

蒋介石显然听不进去，他目光散乱，心中另有所图："周先生，我想提出的问题是近一个月来，中共军队进据承德、安东、胶济线以及苏北，对政府带来的严重威胁。不消除这种威胁，我们的话无从谈起。"

周恩来："委员长的话无异于最后通牒啊。既然这样，那就确实没有什么可谈的了。"夹起皮包，起身欲走。

邵力子站起来："周先生有话好谈……"

蒋介石咧嘴一笑："我说我的，你说你的嘛！我很想听听贵方对撤出上述四个地方的意见。"

周恩来："若是商讨，谈也无妨。"放下皮包，复又坐下，"我以为，四个地方各有情况，不能一概而论。比如苏北，我军以淮安为最南驻军，如按国共两军统编比例驻扎，亦不至威胁政府。淮安是我的故乡，我12岁离家，已有36年没有回去，母亲坟头的白杨树想必已长得很高了……我何尝不想去扫墓？可是为了避免贵方不必要的误会，我一直没有成行……"

蒋介石："周先生的孝心和顾全大局的精神，实在令人感动。既如此，在撤出苏北的问题上不是也可以以大局为重吗？"

周恩来："讲大局，就是要符合最高准则。我方治理淮安，至今已有六年。在那里，我们平均地权，实行耕者有其田，这与中山先生倡导的三民主义并无二致。既然符合中山先生的革命思想，就不能认为没有从大局出发，因而也就没有撤出的必要。"

蒋介石冷笑两声："但是周先生，我所看到的是，共军占领淮安后引发诸多问题，大量难民南下，即为一端。"

一官员接过来："委座所言极是，若无难民，又何能引出下关事件？"

周恩来陡然站起来："下关惨案，围攻、殴打手无寸铁的学者、教授和商人，那究竟是难民肇事，还是政府内某种势力操纵所致？"从皮包里掏出现场的照片，"诸位不妨看看这些照片，就知道这是些什么样的难民在进行拙劣丑恶的表演！"说罢，"啪"地把照片丢在桌上。

蒋介石一怔，有些尴尬，但很快地做出一副超脱的样子："事情不都过去了嘛……呃，周先生，我愿意再强调一遍，如果你让出那四个地方，全国人民都会说你们好。这是最要紧的，是呃？你们这样做，从根本上讲，是不吃亏的。"

周恩来却不予理睬，仍然坚定地亮明旗帜：

"如今国是之荦荦大端，必须一面求全面停战，一面开政协会议改组政府。"

蒋介石的脸顿时阴云密布,从俞济时手里接过一份材料批览起来。

周恩来冷眼相看,夹起皮包挺身告辞:

"那么,我告辞了。"

克莱斯勒轿车驶离国民政府……

轿车内。日。

章文晋:"今天谈判的气氛太紧张了。蒋介石有意让我们干等一刻钟,一开口就是居高临下的口气,你夹起皮包要走,我的心都提到了喉咙口……"

周恩来:"跟蒋介石我已打了二十二年交道。从黄埔军校到'四·一二'事变,从西安事变到十年谈判。对他,我是彻头彻尾彻里彻外看了个清清楚楚。蒋介石永远是蒋介石。不管马歇尔如何施压,他是一定要坚持让我们交出根据地的。我们能交吗?没有根据地我们还有什么?"

章文晋:"所以才有了这一场一无所获的谈判。"

周恩来:"十年啦,我已成了一台谈判机器,日夜不停地运转。我感到很累很累,可是为了这个国家,我只能一直运转下去……"

章文晋:"司徒雷登当了大使,情况会不会有好转?"

周恩来:"他是个学者。"

章文晋:"他还是我们燕京大学的老校长呐!"

周恩来:"可是他跟蒋介石有私交……当然,能争取还是要争取。"

章文晋:"周副主席,北平的黄华,上海的乔冠华、龚澎,都能按时赶到。"

周恩来:"好哇,学生们风尘仆仆来看望老师,我要给司徒雷登一个惊喜!"

夏。梅园 30 号。夜。

周恩来、董必武迎接美国大使司徒雷登走进小楼。

司徒雷登,银丝稀薄,闪着智慧的灰蓝色眼睛。身边紧跟着秘书傅泾波。

字幕:司徒雷登　美国驻华大使

字幕:傅泾波　司徒雷登秘书

他一进屋,就被壁炉上的青铜奔马所吸引,凑上去,躬着背,细细观赏起来。

"中国的青铜艺术品起源于战国,那时西方还在蒙昧时期。"说着,拿着奔马到窗口细看。

司徒雷登:"这件是赝品,原件我在故宫看过,这几乎可以乱真!中国人真是绝顶聪明!"

周恩来、董必武都笑了。

董必武:"司徒雷登先生,请坐,您可真是个中国通!"

宾主入座。

司徒雷登品了一口茶:"嗯,好茶,这是明前碧螺春。而不是龙井。"

周恩来:"司徒先生出生在杭州,对苏州碧螺春也品得出来?真是令人佩服。"

大家笑了。

司徒雷登:"周先生最近在读什么书?"

周恩来:"前些遇到陶行知先生,他对王阳明有精深的研究,因而，我就读了《传习录》。"

司徒雷登："我跟陶先生也是朋友。我们的话题也离不开王阳明。他平等待人泛爱众生的精神，与基督教的博爱如出一辙，了不得啊！"

邓颖超走进来。

邓颖超："司徒雷登先生对中国哲学的热爱，着实令人感动。可以请到17号去用餐吗？"

司徒雷登站起来："好哇！我还没尝过周夫人的手艺呐！"

邓颖超："家常小菜，难登大雅。司徒雷登先生、傅先生要见笑了。请。"

傅泾波："哪里，哪里，周夫人太客气了。"

宾主走出客厅，走过院落。

31号窗口特务窥视。

夏。梅园17号。夜。
宾主穿过小街进了17号，远处有便衣出没。

夏。梅园17号。
一桌酒菜已准备好。
司徒雷登走进来一抬头惊喜发现："黄华！"
黄华迎过来："校长，我是奉周将军之命，特地从北平赶来，与校长相聚的。"
字幕：黄华
司徒按按心口："周将军您真让我感动得不知如何是好。"
周恩来笑了，指指龚澎："这位漂亮的女士也是燕京的。"

字幕：龚澎

司徒雷登眼睛一亮："啊——"与之握手。

周恩来又将右臂伸向顾长洒脱的中年人：

"龚女士的先生，乔冠华。"

字幕：乔冠华

司徒雷登与之握手："您也是燕京的？"

乔冠华："不，我是清华的。不过，我到燕京听过您讲演。我和龚澎是专程从上海赶来的。"

司徒雷登："唔，有缘，有缘。"看到了细瘦的章文晋。

司徒："章文晋！"

章文晋上前与司徒握手："校长还记得我的名字？"

司徒雷登："周将军的秘书、翻译，是我的高足。我很荣幸！"转向周恩来，"唔，太令人感动了！周将军，你真是与众不同。"

周恩来笑了："所以，我要向培养了众多才俊的校长，表示我的一番敬意呀！请！"

司徒感动地："周将军你……"

众人落座。周恩来亲自掌壶为司徒斟酒：

"地道的茅台，请务必赏光。"

司徒雷登："琴棋书画诗酒花，七雅之中最深沉者唯酒也。今天，一则是周将军美意，再则，燕京师生相聚梅园，令我喜出望外，我喝！"

司徒雷登一饮而尽。

黄华起身为司徒雷登斟酒，邀了章文晋和乔冠华伉俪站起来：

"来，我们一直没忘记校长的培养。让我们为校长的健康干杯！"

学生们一饮而尽。

司徒雷登很高兴："好，我也干。"也一饮而尽，"各位，还记得燕京的校训吗？"

龚澎："因自由得真理而服务。"

司徒雷登沉醉地："没错。燕京是一所真正经得起考验的大学，允许自由地讲授真理。走出校门后，他们可以按各人对真理的认识而服务于社会。因此，才在这里见到了我们造就的俊逸之士。"

龚澎忽然停箸："司徒雷登校长，华府盛传您将出任美国驻华大使，确实吗？"

司徒雷登："你看像吗？一个年已古稀的老人？"

龚澎："我倒愿意您出任大使。"

周恩来瞥了龚澎一眼。

司徒雷登："为什么？"笑吟吟地望着她。

龚澎用温柔的话语说："我想，您定然率先垂范按燕京的校训办事，消弥内战，缔造和平和民主。"

司徒雷登："哦，你在这儿等着我呐！"

大家笑了。


梅园新村。日。

周恩来穿过院落，走进小楼，来到办公室，刚刚端起水杯要喝，译电员来了。

"周副主席，中原告急！"

周恩来接过电报就看，浓眉愈锁愈紧，读完电报便喊章文晋：

"备车！我要去见马歇尔将军！"

说罢，一只鼻孔流出了鼻血。

邓颖超一进屋就看到了，忙找下药棉塞住鼻孔。又找出麻黄素让他服用。

邓颖超："恩来，你这流鼻血的毛病又犯了。你可要当心啊！"

周恩来向邓颖超投去温柔的一瞥，夹起皮包向外走去。

邓颖超追在后面："恩来，把麻黄素带在身上。"终于赶上恩来，把药塞在丈夫口袋里。

宁海路5号。

克莱斯勒急驰而来。周恩来下车后大步走进马歇尔的客厅。

周恩来："将军，请问《汉口协议》还算不算数？"

马歇尔："既然签了，当然应当执行。"

周恩来："政府军调集30万大军在前，我军为避免冲突，实行战略转移在后。可政府军竟跟踪追击，在桐柏山、大洪山对我方主力实行围歼。为此，我吁请您出面予以制止。"

马歇尔一声长叹："难呀！贵党'七七宣言'指责美国政府助长中国内战，华府十分震惊，这就削弱了我调解的能力……"

周恩来："'七七宣言'讲的都是事实。美国政府给国民党提供军援，怎能不使乱纷纷的中国陷入更大的混乱？说到阁下，我相信您仍一如既往，致力于中国的和平、民主与进步。"

马歇尔："是吗？"他的眼眸闪亮了一下，"那好吧，我将指示白鲁德少将，采取必要的措施，监督协议的执行。不过，周将军，你比我更了解蒋介石，他下了决心，别人是很难动摇他的。"

轿车里。

周恩来："开往机场，要快！我要在飞机起飞前跟汉口执行小组的同志见上一面。"

轿车加速驰去……

轿车掠过一段旷野，来到机场。

周恩来步履如风，疾步走向简陋的候机室。

章文晋几乎一溜小跑地跟在他后面。

候机室里。

执行小组成员见周恩来疾步走来便迎过去：

"周副主席，还有 5 分钟登机，您有何指示？"

周恩来："我刚见了马歇尔。他答应指示美方代表监督停火。但蒋介石亡我之心不死，我们不能把希望寄托在调停上。因此，你要尽快与李先念部联系：西移方针不变，但要适当分散兵力，四面出击，使敌人摸不清底细。总之，兵不厌诈。要相机行事。既要保存主力，又要把蒋军拖住，使其增援华北、东北的计划落空。"酷热已使他汗流浃背，额头上满是豆大的汗珠。

代表："要登机了，周副主席还有什么指示？"

周恩来："要维护停战协定，在具体行动中争取美方的同情和理解。"伸出手去，与代表紧紧相握，目光直视对方，临别时重重地拍了拍对方的肩膀。

克莱斯勒轿车在梅园 30 号门前停下来，周恩来下车后却走向对面的梅园 17 号。

梅园 17 号。日。

周恩来走向行政处，却听到里面爆发出一阵欢笑。

周恩来："哦？这么开心！你们在笑什么？"

工作人员："我们正在秘密准备一场婚礼，没想到给您撞见了。"

周恩来这才看到办公桌上已剪好的喜字：

"现在是什么时候？你们竟有这种心思……"

办公室顿时一片哑默。

一女青年打破沉寂：

"这桩喜事是邓大姐一手操办的……"

周恩来忽有所觉，连连拍着前额：

"你看看，你看看，我这是怎么啦？中原形势吃紧也罢，谈判陷入僵局也罢，该结婚总得结婚，该生孩子总得生孩子。啊，对不住，我错怪你们啦！"

女青年："你同意啦？谢谢周副主席！"

办公室里一下子又变得喧闹起来。

周恩来："新郎新娘呢？"

方穆扯了扯身边的小吴。

周恩来恍然大悟："哎呀，方穆，你这么不跟我讲一声？让你这个新郎官一直陪着我！"

方穆和小吴不好意思地互相看了一眼。

梅园17号大会议室。夜。

在一片喧闹声中，司仪高喊："一拜天地！"

方穆、吴珊腼腆地向大家深深一躬。

会场顿时爆发出一阵掌声和欢呼声。

司仪又喊："二拜爹娘！"

方穆、吴珊向周恩来、邓颖超深深一躬。

邓颖超连连摆手，周恩来眼角笑出了泪花。

司仪："夫妻对拜！"

方穆、吴珊转向对方，正要鞠躬，被人一推，两人撞了个满怀，又引起一片哄笑。

有人喊："介绍恋爱经过。"

"新郎先讲！"

方穆："不用讲，大伙都晓得。我跟吴珊在重庆曾家岩就好上了，一直到……现在，也没什么大不了的经过。再过几天，我就要调到外地工作，我只想说，我不会忘记梅园的日日夜夜，我要以出色的工作回报大家。回报党的培养……"

周恩来感动地鼓起掌来。

有人喊："该吴珊讲了！"

吴珊："不知该讲什么……我习惯了跟文字打交道……"

邓颖超："那就唱首歌吧！"

吴珊："唱歌？唱……唱一首《山那边哟好地方》吧！"

周恩来："好！这首歌已经在国统区学生中悄然流行起来，使群众生出许多对解放区的向往。"

有人喊："鼓掌欢迎！"

掌声平息之后，吴珊若有所思地唱起来：

　　山那边哟好地方，
　　一片稻田黄又黄。
　　大家唱歌来耕地呀，
　　万担谷子堆满仓。

周恩来也跟着唱起来，一面打着节拍：

　　大鲤鱼呀满池塘，
　　织青布，做衣裳，
　　年年不会闹饥荒……

梅园 30 号卧室阳台——卧室。夜。

弯月如钩，琴声隐约。

周恩来夫妇在阳台藤椅上纳凉。

邓颖超："……还记得 1925 年我们在广州结婚的情形吗？没举行任何仪式，也没请什么客人，就你我两个人，走进太平洋西餐厅，吃了顿饭……"

周恩来："那顿饭到现在，二十二年了，比任何仪式和热闹场景都让我难以忘怀……"握住邓颖超的手，沉入往事的回忆，"……小超，要是我们的孩子生下来，该有二十一岁了吧？"望着弯月，在遐思中一笑，"哦，这个年龄说不定开始谈恋爱了……"

邓颖超一怔，倏然间颇为伤感：

"恩来，都怪我……我不该把孩子……流掉。"

周恩来顿觉语失："小超，我，我怎么会生出这种想法？"

邓颖超潸然泪下，周恩来为她轻拭泪水。邓颖超蓦然起身奔向卧室，伏在床头啜泣。

周恩来顿了一下，随之来到邓颖超身边，抚着她的肩膀：

"怪我，都怪我……我发过誓，永远不谈这个话题。小超，请原谅我……"

敲门声："周副主席！"

书房。

周恩来从卧室来到书房。

机要人员："周副主席，李公朴他……"

周恩来目光似电，直视对方："李公朴怎么啦？"接过电报，电文赫然在目：

"李公朴先生在昆明被暗杀"

周恩来捏着电报的手抖瑟不停……

邓颖超走出来:"恩来?"

电报落地,邓颖超捡起来:"李公朴被暗杀了!?"

周恩来推开窗户,背对妻子,凝然不动,有顷,垂首落座,潸然泪下:

"卑怯一至于此!"

邓颖超也潸然泪下:"……他们想用手枪制造一个无声的中国……"

周恩来霍然站起:"中国的历史,难道能任人涂写吗?"

夏。蓝家庄。门口——客厅。日。

马歇尔轿车驶来。

马歇尔、沃伦下车打量小楼。

字幕:1946年7月13日　民盟总部

马歇尔:"真不敢想象,民盟待在这种地方!"

他们走进楼房。

梁漱溟、沈钧儒迎上来:

"马歇尔将军。欢迎欢迎。"

走廊里摆着几把藤椅,有过堂风吹拂,大家便坐下来。

马歇尔:"按中国的说法,我这是拜码头啦!昆明发生的事,非常不幸。我对民盟的损失,深表同情,并请转达对死者家属的慰问……"

梁漱溟:"暗杀是有预谋的。据说,陈立夫那里有份黑名单,李公朴、闻一多只是其中两个,请将军严重关注。"

马歇尔:"啊,我能做的,我将努力去做。"

沈钧儒抒着长髯："以暴力残杀手无寸铁的在野党，实在令人震惊。要求和平民主是不犯法的。不犯法而遭屠戮，请问马将军，承认不承认有合法政治活动的自由？"

马歇尔长叹一声："眼下时局的确相当严峻，国共两党各行其是。因此，有赖贵盟继续斡旋。听说，梁先生和蒋主席很熟，是吗？"

梁漱溟："不错，早在1932年，就相识了。不过，他这个人毫无信义。将军想必也颇有感受吧？国共和谈之一切协议，唯有他点头才能通过，能奈他何？他还有一个杀手锏就是躲。这不，到庐山上去了！"

马歇尔："他会不会也躲我呢？我近日将去庐山。请各位放心，该说的话我总会说的。至于周将军那面。还请贵盟多做劝说。"

梁漱溟："也不那么容易。周恩来常以忍让为怀，但有时也硬得很呐！"

马歇尔："我知道周将军对诸位都很尊重。务请多到梅园走动。我在外部调停，你们在内部调停，局势或可改观。希望总是有的。拜托！"学中国礼节，马歇尔向大家作了个揖。

众："马将军放心，我们一定尽力！"


夏。庐山。日。

透迤的山道下，几乘滑竿抬着马歇尔、司徒雷登、沃伦、傅泾波一行。

字幕：1946年7月18日 庐山

司徒雷登："庐山，自古就是中国著名的风景区。历代的帝王将相、文人墨客，大都在此流连忘返，留有遗迹……"

马歇尔望望云遮雾绕的山峦：

"这是一座让人捉摸不透的山，中国跟它一样。"

庐山山峦起伏，云雾变化。

司徒雷登："是啊，苏轼有诗云：不识庐山真面目，只缘身在此山中。我在中国生活了大半辈子，也不敢说了解这个国家了。"

马歇尔："是吗？"瞥了司徒一眼，"博士总比我要更多地了解中国，这就是您出任大使的真正原因。"

司徒："哦？不过我想，我出任大使恐怕跟阁下有关吧，啊？"诡谲一笑。

马歇尔："在中国，我感到太累了。大使的来到，我真的轻松了许多，但愿我们不虚此行。"

夏。上海。吕班路。日。

章文晋在一家小店买烟，把对面饭店门口的情况看了又看，才转身向小旅馆走去。

他刚刚走进旅馆大门，便有一个穿香云纱、戴太阳镜的便衣来到门外，兀自倾听门内的动静。

夏。上海小旅馆。

章文晋踏上小旅馆又黑、又陡、又窄的木质楼梯。楼梯摇摇晃晃，发出吱吱嘎嘎的声响……

旅馆三楼斗室。日。

一床、一桌、一椅塞满了这间斗室。

窗户开着。床上挂着棉纱蚊帐更显室闷。

一个老人的背影。

汗衫已全部湿透，汗水顺着臂肘流淌。

陶行知却仍在不顾一切地编纂文稿……俄尔，他长吁一口气，仰靠在椅靠上稍事休息。

有人敲门。

老人仍倚在椅背上："进来……"

章文晋推门进来："陶先生……"走到老人身边。

陶行知依然不动，嘴角牵出浅浅的无可奈何的微笑："毛巾……我的高血压……又犯了。"

章文晋当即给他拧了湿毛巾，敷在他宽阔的额头上。

章文晋："吃药了没有？"

陶行知摇摇头，指指抽屉。

章文晋从抽屉里找到药，倒了半杯开水，漾了漾，又吹了吹，让他把药吃了。

陶行知："周公好吗？"

章文晋："我们刚到上海，周公有些事情要处理，让我赶快来看你。陈立夫又到上海了，周公让您留心……"

陶行知很平静："陈立夫的黑名单上有我，我听说了。"

章文晋："这个地方环境不好，周公的意思，先生最好换个地方。"

陶行知："哼，我是狡兔三窟，几乎一晚换一个地方。"

章文晋："周公希望先生找个地方暂时隐蔽一下，休息休息。这事，由我来办。"

陶行知："时间不许可我休息，民主不许可我休息，人民不许可我休息啊！"慢慢抬起头，"公朴去了，一多去了，我等着陈立夫下一颗子弹。"

章文晋取下陶行知头上的毛巾，在脸盆里洗一下，再给他敷上："陶先生，为了民主，为了百姓，您也要保重自己呀！"

陶行知："不用了，好多了，我感到自己的生命已快到尽头。我得抓紧整理。大概，我只能留下这么点东西了……"

章文晋："陶先生,中国需要您,周公请您格外珍重自己。"掏出药瓶放在桌上,"这是邓大姐给您的药,是治高血压的。"

陶行知："难为邓先生了。"

章文晋："陶先生,我告辞了,你休息吧。千万要保重了。"

陶行知："向周公问好,请他放心。"

章文晋走了。

陶行知又伏笔疾书。

案前书稿堆得很高。

庐山。美庐花园里。日。

马歇尔与蒋介石并肩而行。

马歇尔："大规模内战,即将变成残酷的现实。这种时候,委员长待在庐山,不能不使人怀疑政府和谈的诚意。"

蒋介石瞟了马歇尔一眼:

"周恩来一直在怀疑政府的诚意。"

马歇尔："也不尽然,持中间立场的舆论也这样看。"

蒋介石停步转身:"将军,您呢?"

马歇尔："我只觉得有责任提醒您注意国内的舆论动向。最近,李公朴、闻一多先后遭到暗杀,在中国和美国引起广泛震惊。梁漱溟在记者招待会上声明:等待射向他的第三颗子弹。如果,第三颗子弹果真射向了这些最有教养的中国学者,国民政府在知识分子和老百姓中的影响将丧失殆尽。"

蒋介石的脸色红一阵白一阵,却克制着没讲什么,只是摆摆手,"请继续说。"

马歇尔："再者,您提出的几个条件过于苛刻,周恩来一条也不接受。"

蒋介石："哼，我料到他必会如此。我跟他打了二十二年交道，对他，我是十分有数的。"

马歇尔："既如此，委员长为何不做点让步呢？"

蒋介石漠然瞥视马歇尔：

"将军是说，责任在我啰？"

马歇尔："双方都有责任。但国民政府故意回避政协决议，扩大内战，也是不争的事实。"

蒋介石："将军阁下，我今天又一次在您口中听到了周恩来的声音。"

马歇尔冷笑几声："委员长，或许是我杞人忧天，或许是我危言耸听，我有一种直觉，你和你的顾问们的做法可能导致共产党控制中国。"

蒋介石神色愕然，一下子坐到路边的长椅上：

"将军何出此言？"

马歇尔："当然。我不愿看到中国变成第二个苏俄，也同样不能想象，中国变成军人法西斯独裁政权，是一种什么情景？委员长，日本难道不足以成为前车之鉴吗？"向花园外走去。

宋美龄却挡住了他的去路：

"亲爱的将军，我约了凯瑟琳，明天一起出游，您也去散散心好吗？"挽住马歇尔的胳膊。

马歇尔："哦，谢谢，您对我们总是那么关照。"

宋美龄："将军，据您看，美国对华政策会不会发生变化？"

马歇尔："对华政策从来不是一成不变的。这要看中国向何处走。"

宋美龄："我希望将军能对杜鲁门总统的决策产生积极的影响。"

马歇尔："请相信我，我会尊重事实的。再见。"

马歇尔走后，宋美龄来到石凳前坐在丈夫身边。

蒋介石："马歇尔最大的心病，就是怕局部冲突引起全面内战，以致引起苏俄干涉，酿成世界大战。格末他想的、做的，皆是停战、言和、重开政协会议、改组政府。总之，周恩来提什么，他就来逼我。你若顶他，他就以退出调停，中止援助相胁迫。你说，这还是人过的日子吗？"说到此竟无比沉痛，眼中闪着泪光。

庐山马歇尔别墅的阳台上。日。

沃伦："蒋最感兴趣的是推进军事行动，因为战场形势对他有利；而周最感兴趣的是停火，因为中共在战场上相对地处于劣势。这样的谈判如何进行？再者，委员长对您已从最初的敬畏发展到眼下的心口不一。在他看来，美国需要中国，比中国需要美国急迫得多。于是，您和司徒大使的使命就变得十分困难了。"

马歇尔："沃伦，我在想：在中国，也许我自己是唯一在听我说话的人。"四顾茫然，仰天浩叹。

夏。庐山。锦秀谷。

蒋介石、司徒雷登在滑竿上。

蒋介石："停一下。"

司徒："哦，多像黄宾虹的大写意。"

蒋介石没有答话径自说："下行到崖顶。"

众人诧异。

俞济时吓坏了："委座，山路湿滑，万一要有个闪失……"

蒋介石半躺在滑竿上："我说去就非去不可，那里有王阳明的遗踪。"

侍卫人员只好从命，紧紧护卫在山道一侧。

俞济时紧张得额头津出汗珠。

脚夫个个汗流满面。

他们终于来到壁立千仞，如苍龙昂首的险崖。

字幕：庐山龙首崖

脚夫下蹲，蒋介石、司徒雷登分别由侍卫扶下滑杆。

蒋介石叉腰笔立，闪着得意的微笑：

蒋介石："阁下，这就是王阳明驻足的地方。我上庐山多次，每每想来，都被他们劝阻。"指指俞济时。

司徒雷登满面春风："啊！"

峭壁悬崖。

司徒雷登："相信王阳明先生曾瞻顾左右，直至崖端，俯临绝涧后转身返回，依然心平气静，若无其事。从此传为佳话。"

司徒激情荡漾转脸看蒋介石。

蒋介石自语："可见，人想办的事，没有办不到的，先贤的风范感召着我，我想办的事，也没有办不到的！"

司徒雷登脸色变了，把目光久久地留在蒋介石脸上。

蒋介石目无旁骛，自顾自看着他的风景。

报纸：湖北告急。

政府军向苏北发动进攻。

战场，墙倒屋塌。

婴儿啼，老人倒在血泊中。

上海马思南路 107 号周公馆。晨。

这是一座篱笆围绕的三层洋房。斜对面妇孺医院里偶有便衣向周公馆探头探脑。

客厅里，周恩来正在穿西服：

"小超，我去看一下陶行知先生。前天在郭沫若那里见到他，他看上去很虚弱。"

邓颖超："自从上了CC黑名单，他居无定所，四处奔走，接见记者，发表演说，听说晚上还要整理著作……"

周恩来长叹一声："去日无多啦，他在拼命争取时间。"

邓颖超："也是个不知爱惜自己的人。哦，我又给他买了瓶治高血压的药。"把药塞在丈夫口袋里。

周恩来："我让办事处给他找了个安静的地方，一定要他好好静养几天。"

章文晋进来："周副主席……"

周恩来："车备好了吗？"

章文晋："陶行知先生脑出血，救治无效，去世了！"

周恩来："你说什么？"猝然跌坐在椅子上，泪如雨下，有顷才痛定思痛地，"我的安排……晚了一步，晚了一步……我们刚刚被特务的子弹夺走了李公朴、闻一多，现在陶先生又……"

上海吕班路小旅馆楼上。日。

狭小阴暗的客房。

陶行知静静地躺在挂着旧蚊帐的床上。

周恩来握住陶行知的手：

"陶先生，你为什么走得这么匆忙，我们还没来得及……好好……谈一谈……"失声语噎。

夏。宁海路5号。客厅。

司徒雷登仰天长叹："陶行知学贯中西，是个奇才，太可惜啦！"

马歇尔："我不知道这一切是蒋默许的，抑或是部属自行其是？陈立夫的黑名单就有他。"

马歇尔："在这样的心情下，周恩来跟我，更加谈不拢。他仍坚持全面停战，召开政协综合小组会，几乎没有妥协的余地。我想，周的僵硬多半是蒋逼出来的。"

司徒雷登："可是蒋介石毕竟是中国合法政府的领袖。抵制俄国势力的扩张与共产主义的蔓延，只有他才能同我们齐心协力。就人格而言，周是优秀的，可他的哲学观点和政治立场，本人不敢苟同。"

马歇尔："可是蒋一直躲在山上不下来，谈判如何进行？"

司徒雷登："那有什么办法，只有再上庐山。"

夏。美国驻华大使馆。夜。

宴会厅壮重热烈，宾客数十人。

字幕：1946年8月6日  美国驻中国大使馆

司徒雷登："周将军，今天我要请您品尝一下肯塔基州的波旁酒，是烈性名酒。"亲自为周恩来斟酒。

周恩来端起酒杯一饮而尽。

司徒雷登："如何？"

周恩来："果然好酒！"

侍者又为周恩来斟满了酒。

司徒雷登："周将军真是豪爽！"举杯，"为了中国，也为了友谊……周将军！"与周碰杯："干杯！"

司徒雷登饮干。

周恩来又是一饮而尽。

傅泾波站起来:"从饮酒可以看出。周将军的为人。周将军,请允许我敬您一坏。"

周恩来欠身与之碰杯。

傅泾波饮干,周恩来一仰头,又进一杯。

司徒雷登:"好!在中国,酒品与人品是不可分的。周将军酒如其人。"

周恩来哈哈哈地笑了起来:

"大使阁下,在中国还有一说,醉翁之意不在酒。您刚从庐山下来,是否该向我们发布庐山气象预报啦?"

司徒雷登也哈哈哈地笑起来:"周将军真幽默。"

夏。司徒书房。夜。

只见四壁皆书,书桌案头挂一幅明代画家祝枝山的《秋韵》,桌上摆着文房四宝,红木茶几上还横陈着一架古筝……

侍者送来两杯龙井茶。

司徒雷登:"周将军,我这次上庐山可没白跑。委员长已同意成立一个非正式小组讨论改组政府事宜。"

周恩来也呷了一口茶,抬起头来,看看司徒:"噢?条件呢?"

司徒雷登:"贵方让出苏皖边区、胶济线、承德和承德以南、东北和鲁晋的一些地区。"

周恩来化石般端坐不动。

司徒雷登:"有商量余地吗?"

周恩来看似平静地:"这比七月份我与他直接会谈时条件更为苛刻。这是一种独裁、专制的片面行动。中共绝对不能接受,一条也不行！"终于压抑不住站起来，"我不明白，蒋介石何以如此无理，愈要愈多，真是欺人太甚！"

司徒雷登："可对于委员长来说，这是最后条件。"

周恩来断然地："那是他的事。"

司徒雷登喟然长叹："如此，则和平无望，内战非打不可了。"站起来，走到古筝前弹了一个杂乱的和弦。

周恩来："阁下，国共是对等谈判，不是君臣关系，不能他说什么，我就接受什么。如果那样，还有什么可谈的呢？"

司徒雷登："那么，以周将军之见，我该怎么办？"

周恩来回到座位上，浅浅一笑："这应该由阁下自己回答。"

司徒雷登："不，我还是想听听您的意见。"

周恩来："好吧，那我就请您的学生来回答吧！"指指章文晋。

司徒雷登："哦？那么章文晋。讲讲你的高见吧！"

章文晋想了想："老师，我冒昧了。我认为，美方居间调停，理应主持公道，判明内战责任，不能采取帮助运输军队，提供军火和剩余物资的办法偏袒一方。这样做，岂不等于调解人也参加和助长了中国内战？"

司徒雷登："章文晋，你是这样看问题的吗？"

章文晋笑了笑："有一个问题，想问校长可以吗？"

司徒雷登："请吧！"

章文晋："您亲自定的燕京校训是什么？"

司徒雷登："因自由得真理而服务。"

章文晋："希望校长在驻华期间身体力行。这是学生的希望。是啊，吾爱吾师，吾更爱真理。校长不会因此责怪学生吧？"

司徒雷登调整了一下情绪，双手一摊：

司徒："周将军，真没想到你把我的学生调教得如此聪明啊！"

司徒拍了拍章文晋。

周恩来淡淡一笑。

· 贞 ·

夏。梅园 35 号。董必武办公室。日。

董必武在接电话:"谢谢罗先生提供的情况,欢迎民盟各位朋友常到梅园来坐坐,再见。"

董必武走出梅园 35 号。

走进梅园 30 号。

夏。梅园 30 号院子。

董必武见到周恩来正在芦席棚下打乒乓球,打得用力而认真。

梅园 31 号窗口探出一个头,并突然拍了一张照片,随即关上了窗。

董必武瞟了一眼:"鼠窃狗偷,无聊至极!"

周恩来发一球,球出界。

青年:"周副主席,你输了。"

周恩来笑道:"好,我下台。董老,你来?"

董必武摇摇头:

"刚才罗隆基打来电话……"

董必武、周恩来向小楼走去。

他们来到会客室阳台上的藤椅上坐下。

董必武:"民盟拜会了马歇尔,马说发表联合声明,是为了让舆论界对国共双方施加压力,以解决其分歧。"

周恩来:"哦?就那么简单?"站起来思考着,"不,马歇尔是想撒手不管,留下司徒雷登维持现状。这是蒋介石最欢迎的。"

董必武:"这样蒋介石就可以为所欲为,放开手大打了。"

周恩来徘徊着……

夏。梅园30号二楼。日。

窗帘蒙得严严的二楼电讯室,大白天开着灯。

几个小伙子和姑娘热汗淋漓,仍在紧张地等待电波结束。

周恩来走上狭窄的楼梯,手里拎着一台风扇。

周恩来进电讯室,插上插销,按了开关,一阵清风吹来。

电讯员们:"咦,怎么这么凉快?"

他们这才发现了周恩来。

"周副主席,您怎么把会客室的风扇搬来了?"

"您不用,客人来了也要用啊!"

周恩来:"如果你们的父母看到你们在这样的条件下夜以继日地工作,他们要心疼的……他们会责怪我周恩来不通人性……"

小吴:"周副主席,您说得不对,他们会为我们自豪呢。"

周恩来感动地走近她:"方穆有信吗?"

小吴摇头。

周恩来:"一结婚就成了牛郎织女。我一定要给你们补一个蜜月,好吗?"

小吴脸红了,眼角倏然间湿润了。

小吴:"谢谢周副主席关心。我们说好了等革命成功以后,再度蜜月……"

周恩来动容:"有了你们这样的年轻人,中国怎么能没有希望?"

电波响起。

电讯员:"延安!"

小屋里响起节奏欢快的电波声。

译电员当即译出了电稿,给了周恩来。

周恩来走下楼梯,穿过院子向梅园35号走去。

夏。梅园新村35号董必武办公室。

周恩来走进董老办公室。

董必武戴着眼镜正在看线装书。

周恩来:"中央来电了!"

董必武摘下花镜站起来:"唔,怎么说?"

周恩来:"中央同意我们的方针,指出今后将是大打大闹时期。这表明,中央已不再寄希望于谈判。中央还指出,对美国的错误政策,要进行彻底的清算与批判。"

董必武:"那么对马歇尔、司徒雷登呢?"

周恩来:"采取某些保留态度。"

董必武:"与美国对华政策区别对待?"

周恩来深深颔首。

董必武:"这可真不容易……"


报纸:

内战四起。

评马歇尔、司徒雷登联合声明。

李公朴、闻一多追悼大会。

夏。庐山。蒋介石别墅。夜。

卧室里,蒋介石睡如翻饼……

宋美龄醒来:"达令,你怎么啦?"打开床头灯,"还在想杜鲁门的信?"从床头柜里翻出安眠药,又倒了一杯凉白开水,"吃点安眠药吧!"

蒋介石:"吃它有什么用?它能改变杜鲁门的态度?"

宋美龄:"明天我去找司徒大使谈谈,让他对马歇尔施加些影响……"

蒋介石:"谈谈就行了吗,马歇尔要的是行动,是要我宣布停战!"拉灭床头灯,"睡吧,睡吧……"

宋美龄睡去。

蒋介石辗转反侧,难以成眠,终于起身,在室内徘徊。最后,向外面悄然走去。

仙岩别墅黎明。

东方泛白。

蒋介石低头无意识地走在别墅前。

一双穿着绣花拖鞋的脚,缓缓地走着。

蒋介石精神恍惚走到悬崖边。他突然发现自己身处千寻深渊的边缘。

蒋介石吓出一身冷汗。

夏。宁海路 5 号楼前阳台。

杜鲁门致蒋介石的信副本。

周恩来坐在藤椅上看毕副本,把它奉还马歇尔。

马歇尔:"我可告诉周将军,委员长看了这封信彻夜未眠,凌晨悄然出走,幸好别墅周围日夜有警卫巡逻,发现后把他送了回来……"

周恩来眉毛一跳:"是吗?"

马歇尔:"他是个自尊心很强的人。"

周恩来彬彬有礼地:"我感谢将军阁下对我的信任,让我看了信的副本,使我了解了贵国对中国的最新立场。杜鲁门总统对蒋的指责是真诚的,措辞也颇为强硬。只是信中谴责'双方极端分子'令我不解,似乎谈判难以推进,特别小组不能组成,内战不断升级,应该双方各打五十大板?"

马歇尔:"中国有句俗话,一个巴掌拍不响嘛!军调部向我证实,贵军在几个地区都有军事行动。"

周恩来:"可那是由政府军一系列进攻所引起的。"

马歇尔有些不快:"形势是复杂的,悲剧性的。而更令人遗憾的是,贵方仍在怀疑我的立场。因此,我看不出留在中国,究竟还有多大意义。"

周恩来:"我方批评美对华政策是事实,但对将军本人,我并未怀疑您一直在为和平工作。"

马歇尔阴转多云:"是吗?谢谢周将军。不幸的是,目前的局面将导致调停失败。如果成为现实,只有两种抉择:一是中国陷于内战不休的混乱局面,另一种是国际干涉……"

周恩来:"将军所谈的两种抉择,我都不愿看到。我唯愿看到的是将军为打破僵局继续努力。"

马歇尔高兴了:"哦,周将军,您的话让我又看到了一线光明!"

周恩来："那就让我们共同努力吧！"摊开双手，"有位哲人有这样一句话，'把现在的事做好，就对永恒有了交代。'"

马歇尔高兴地笑了。

凯瑟琳采了一束鲜花从花园中走来：

"哦，好久没看到你们一起这么愉快地交谈了。"

周恩来："这种心情该用夜莺般的歌声来咏叹吗？"

凯瑟琳："不，这一切该用鲜花来表达。"鲜花捧给周恩来，"请把这束鲜花送给您的夫人，表达我对她的尊敬和思念。"

周恩来："谢谢将军夫人。"

凯瑟琳："在我眼里，这鲜花是中国的和平，也是周氏夫妇传奇式的理想主义爱情。如果我是作家，我要把它写成厚厚的一本书。"

周恩来："可那是我的个人隐私呀！"

凯瑟琳："哦，将军对美国的法律非常熟悉！可是你们在欧亚之间鸿雁传书，早已传为佳话了。"

周恩来、马歇尔都开怀大笑起来。

初秋。庐山蒋介石官邸。日。

官邸门口警卫戒备森严。

蒋介石："这次，宋院长从南京来，旨在研讨中美关系及目前现状，制定对应的政策。"

会议室。

宋子文略略欠了欠身子。

字幕：宋子文

宋美龄颇为欣赏地看了哥哥一眼。

吴铁城："杜鲁门给委座的信，措辞之激烈，态度之强硬，在中美关系史上实属罕见。他宣称要重新检讨对华政策，这绝不是说说而已。"

陈诚气咻咻地:"杜鲁门说什么'中国民主之期望,为黩武军人及少数政治反动分子所阻遏',这种蛮横的指责,分明是冲着我们来的!"

蒋介石:"辞修,不要激动嘛!你要从中找到教训:从今后,你要约束军人,对时局少发表议论,那不是他们的专长,他们的专长是上战场,是打仗。"

陈布雷皱皱眉头:"委座,是不是回到中美关系上来?"

陈立夫按捺不住了:"美国朝野都清楚,杜鲁门在马歇尔面前,不过是个手足无措的小伙子。"

顿时,举座皆笑,

蒋介石铁板着脸。

人们立刻又沉静下来。

陈立夫:"杜鲁门的信,实际是马帅的意思。美对华政策是马帅一手制定的,所谓中美关系,实际上就是委座与马帅的关系。"

吴铁城:"话不能这么说,杜鲁门毕竟是总统。看来,我们尚须把杜鲁门总统与马帅的关系摆正。"

宋美龄:"大哥,你该谈谈啦!"瞟了宋子文一眼。

宋子文大大咧咧地:"我以为维系与美之关系,不是权宜之计,乃我外交政策之基石,而基石是不可动摇的,否则,基石上的民国大厦将何以自保?因此,凡我政府人员,上至委座,下至军政各界,均应取得一致的认识。"

蒋介石对宋子文的口气很不高兴,瞟了他一眼,见宋美龄在场便又忍了,嘴角牵出一丝微笑。

宋子文:"我能充分估量中美关系之重要并采取措施保持其良好状态。但关键的关键在战场。马帅所考虑的是实行停战,可责任不在我而在中共。"

陈诚迫不及待地接过来：

"我们没有单方面停火的义务。真正解决问题仍靠战争。"

陈布雷从眼缝里望望陈诚，又望望蒋介石，紧皱眉峰，闭上双目，进入假寐状态……

蒋介石："国民代表大会要如期召开，诸位有何高见？"

秋。梅园30号办公室。日。

周恩来在打电话："马将军，鉴于蒋委员长要我们接受他的苛刻条件后，方能派代表参加国大，张家口战事十分严峻。"

秋。宁海路路5号。

马歇尔在听电话，听得十分专注。

周恩来："而美国支持国府的首批剩余物质已运抵上海。"

秋。梅园30号。

周恩来："和谈已成僵局，因此，我决定去上海一个时期，那里有许多事情等候我去处理。"

秋。宁海路5号。

马歇尔脸色不佳："周将军，您去上海，我们之间的直接沟通，岂不是更加困难了吗？"

秋。梅园30号。

周恩来："只要阁下召开三人小组会议，研究停战问题，我会立即返回南京的。"

秋。宁海路5号花园。

晨光熹微。花园里晨雾缭绕，一片迷蒙。

卧室里，马歇尔看着天花板突然撩开被子，迅速地穿好衣服向外走去。

凯瑟琳醒来："乔治，这么早，你去哪儿？"

马歇尔："亲爱的，我很烦闷，去兜兜风。"

马歇尔驾车驶出官邸。

轿车穿过尚未苏醒的城市，

马歇尔直视前方，似决定了什么，突然加大油门，换转方向。

脚踩油门。

秋。南郊机场。

轿车驶来急刹车。

马歇尔走出汽车，直奔一架小型军用飞机钻进机舱。

飞机螺旋飞转，军用机升空，向太阳刚刚露头的东方飞去。

秋。上海吉勒姆花园别墅。日。

轿车在花园门口猛地停了下来，马歇尔走下来。

吉勒姆迎出来："将军，您来得好突然！"

马歇尔急匆匆地往里走。

马歇尔："我要见周恩来，越快越好！"

吉勒姆："尊敬的将军，CC特务是很凶恶的，周公馆对面就有杀手埋伏，万一他遇到麻烦，我们就说不清了！"

马歇尔站住："我一定要见周一次，一定要作最后一次努力。吉勒姆，你立即通知上海市市长吴国桢，告诉他，是我跟周会见，让他绝对保证安全。"

吉勒姆："好吧！这就去打电话。"

二人匆匆进门。

秋。上海周公馆。日。

章文晋听电话："好的。我立即转告。"放下电话，走进周恩来办公室。

周恩来正在伏案疾书，在起草文件。

章文晋："周副主席，吉勒姆中将请您过去晤谈。他保证安全不会发生任何问题。"

周恩来抬起头来："吉勒姆中将？"放下笔，站起来，"好吧！姑且听听他还能说些什么？"穿上西装向外走去。

上海。吉勒姆官邸。日。

吉勒姆将周恩来迎进客厅，宾主先后落座。

吉勒姆："周将军，为了您的光临，我特地打电话给吴国桢市长，要他必须保证您的安全。"

周恩来："上海这个地方，看来是杀机四伏啊！"

这时，漆雕屏风后走出个马歇尔。

周恩来一愣："将军阁下，你在上海出现，让我感到惊讶。"

马歇尔："我必须找您谈谈，或许这是最后一次，即便如此，我仍不想放弃。周将军，形势在变，我希望看到您灵活性的一面。"

周恩来："妥协是双方面的事。政府军继续进攻张家口，是放弃谈判最后希望的宣言。只有无限期休战，才表明政府不愿全面分裂。否则，就是刀架在我们脖子上逼我们去谈。"

马歇尔火了，斯文尽扫："我好容易争得十天停战，你却这样理解？像我这样一个老人，一会上庐山，一会到上海，是好玩的吗？我又是为了什么？就在几天前，我还以退出调停逼迫蒋介石……"

周恩来："可事实上内战在步步升级，局势在日益恶化。"

马歇尔站起来："周将军，看来你对我的中立立场表示怀疑？既然你们都不信任我，我要呈请总统召我回国。"

吉勒姆有些惶然无措，把咖啡向周恩来面前推了推：

"都是朋友，政见不一是正常的，何必伤了和气呢？"

周恩来讷讷地："这也是我不愿意的。我没有忘记将军为促进政协决议、停战协定和整军方案所做的一切，我一直是尊敬您的，可是……唉！"

马歇尔："是啊，是啊，我们这是怎么啦？我们从来没有吵过，怎么……"马歇尔说不下去了。


秋。上海周公馆。日。

周恩来穿过院落，走进小楼，来到起居室把西服一脱，坐下来长吁了一口气：

"我见到他啦……"

正在写文稿的邓颖超抬起困惑的眼睛：

"见到谁啦？"

周恩来："马歇尔……"

邓颖超捧一杯茶放在丈夫面前：

"他怎么来了？"

周恩来："劝架呀！"

邓颖超："让你回南京去？条件呢？你答应了？"

周恩来摆摆手："闹翻了，伤感透了！"闭上眼睛。又长长地吁了一口气。

邓颖超看着丈夫："喝点水吧。"

南京四方城，日暮时分。

又是斜阳，又是归鸦，又是断垣残壁。

马歇尔和沃伦踯躅其间……

马歇尔："跟周恩来吵翻，令我十分伤感……我有一种预感：在未来的中国，他将是一个举足轻重的人物。"

沃伦："将军，你已做了你能做的一切，这就足以自慰了。蒋委员长最近说，现在，不是政府要谈，也不是中共要谈，而是马歇尔要谈。"

马歇尔喟然："中国不再需要我了……"看到明神功碑，"沃伦，那是什么？"

沃伦看了看："哦，这块碑距今已有五个多世纪，是明代开国皇帝朱元璋的神功圣德碑。"

马歇尔："神？中国皇帝死后都要变成神？蒋介石也是神？"

沃伦："在中国，总有人想做皇帝，而许多中国人又需要皇帝。"

马歇尔："可悲，可悲，这个民族对于美国式的民主，天生有一种排拒心理……沃伦，你想过没有，我们的中国之行将留下什么？"

沃伦默然，少顷：

"我希望我们身后留下的不是一片战火……"

炮火连天。

字幕：10月11日　国军克复张家口

报纸　国军克复张家口

报纸　抗议国府打内战

报纸　国民政府下令，国大将在 11 月 12 日如期召开。

深秋。鸡鸣寺。

秋雨潇潇，玄武湖一片迷蒙。

梁漱溟面对窗外，仰天长叹：

"一觉醒来，和平已经死了！"

梁漱溟回眸正在品茗的马歇尔：

"马帅，一切都该结束了，是吗？"

马歇尔："和谈正面临最后破裂，现在唯有你们第三方面挺身而出，调停国共争端，能否提出一个打破国共僵局的折中的方案？"

梁漱溟："用折中的方案调和双方矛盾？"

马歇尔："梁先生是忧国忧民之士，我想您不妨试试。"

梁漱溟苦笑："死马当成活马医？"

马歇尔："正是。我也正作最后的努力。让周先生回来，让蒋介石也回来。"

梁漱溟："能谈得起来？"

马歇尔底气不足："能。"


秋。上海周公馆客厅。日。

周恩来端杯茶给梁漱溟："是不是劝我返京？"

周恩来便笑微微地看着刚刚在花园藤椅上坐下的梁漱溟。

梁漱溟倒吸一口气："周先生，何以猜到的？"

周恩来："我仿效诸葛亮，设七星坛，夜观星象，见紫薇星东移……"

一向严肃的梁漱溟忍不住哈哈大笑起来,笑罢长叹一声:"周先生,你是一定要回去的。南京,不能没有你。"

周恩来:"漱溟先生为和平奔走,不辞劳苦,恩来无限感佩。只是,蒋介石那两条明明是最后通牒。最后通牒不取消,我就回到南京,外界会怎么看?"

梁漱溟一怔:"这倒也是。那我当立即偕在沪的第三方面人士返京,再作努力。"

章文晋走来:

"周副主席,邵力子先生从机场打来电话,国民党中央秘书长吴铁城一行,由机场直接到周公馆来与您会晤。"

周恩来从藤椅上站起来:

"唔?!"看了梁漱溟一眼,"这真是无巧不成书哇。"

梁漱溟笑了笑:"周公我告辞了。"

梁漱溟告辞后,机要员来了:"延安来电。"

周恩来阅电:

电报:"返京势在必行。"

章文晋:"客人到。"

吴铁城、邵力子走进客厅。

吴铁城拱手笑道:"恩来兄,我们是肉请帖啊!我们在南京一直翘首以待,可您实在难请啊!"

周恩来:"铁老,怎么说是难请呢?蒋先生提出那样的条件,明明是将我拒之门外嘛!"

吴铁城叹了一口气:"目前国内政治军事情况实在是太糟糕了!虽说如此,政府仍不放弃和平解决之政策,并将继续用调解和协商的办法,以谋打破僵局。"

周恩来:"铁老是蒋先生身边的人,你总应该清楚,攻占张家口之前'调解'了没有？'协商'了没有？究竟是谁使民众坠入痛苦的深渊？难道还不明白吗？"

吴铁城："贵方以武力遂行其政策，政府采取必要之措施也在情理之中嘛！"

周恩来站起来："那就继续采取必要之措施罢了！还谈什么呢？你们也没有必要来上海……"

吴铁城、邵力子面面相觑，十分尴尬。

邵力子展颜强笑："恩来兄，又何必动气呢？你也可以摆出你的想法嘛！"

周恩来："自政协谈判迄今，中共先后有八大让步，诚意可谓一以贯之，而政府呢？政府的诚意在哪里？"

吴铁城："恩来兄，我们一行到上海来请您，不就是最大的诚意吗？"

周恩来："这么说，蒋先生真的要谈了？"

吴铁城："那还有假？不然何必兴师动众？"

周恩来："那么，谈判方式呢？"

吴铁城："先谈重要原则，谈妥即停战，停战后再谈细节。"

周恩来："中共一贯主张先停战后商谈。但是，为了中国的和平、民主、统一与团结，我们再作让步，接受贵方的谈判方式，不日返京，重开和谈。"

话音刚落，吴铁城即从座位上弹起来，趋步至周恩来面前，紧握他的手："恩来兄，恩来兄……"

字幕：1946年10月21日 周恩来返京

秋。国府门口。日。

一辆辆轿车鱼贯进入国民政府。

门卫肃立。警卫一字排开,从大门口直到长廊,周恩来及民盟人士在孙科等陪同下穿过长廊进入会议室。

秋。国府会议室。日。

蒋介石身穿一袭墨绿缎面长袍,满面笑容地与周恩来握手,右手尚感不足,又加之以左手,亲切地看着周恩来庄严的脸。

周恩来注视蒋介石,有些不解。

有顷,手终于松了开来。

蒋介石这才与第三方面人士一一握手,先后落座。

蒋介石似乎很满意他导演的这一场戏,笑容可掬地巡睬在座众人,似是而非地与什么人点头致意,半握拳捂嘴,轻咳两声,算是宣布会议开始:

"我等你们很久了,你们赶快商量吧!咳!咳!这个么,政府方面由孙院长代表。咳,我原定于前两天赴台湾巡视,为了等大家,拖延至今,方可起程……"

周恩来一怔。

第三方面人士也面面相觑。

董必武捋着胡子,睨着蒋介石。

蒋介石仄着脸,似已讲定,忽又咳了一声:

"不见你们,我怎么好走呢,重开谈判也是我的愿望呀,好,你们谈,你们谈。"起身拱手,在俞济时陪同下离去。

接待室当即响起一片嗡嗡的议论声。

周恩来一脸冰霜。

董必武捋须的动作顿住,斜睨着蒋离去的那扇门。

那扇门无声地开着。

这时，孙科笑嘻嘻地站起来：

"各位，委员长接见到此结束，请到国际旅行社赴宴。"

会场哗然。人们纷纷离席。

秋。国府门口。日。

警卫森严，一字排开。门卫肃立，目不旁视。

一辆辆轿车鱼贯驶出国民政府。

秋。街上。日。

董必武看了看表："加起来不到 10 分钟。恩来。你有没有上当的感觉？"

周恩来愤然作色："岂止是上当，简直是侮辱。"

秋。梅园 30 号。日。

礼帽和外衣摔出。

周恩来重重地坐到沙发上。

邓颖超看了他一眼，把礼帽和外衣挂到衣架上：

"恩来，发生了什么事？"倒了杯茶，放在丈夫面前的茶几上。

周恩来双手撑腰，直喘粗气：

"岂有此理！他把我请到南京来，自己拍拍屁股走了，捉弄人嘛！"

邓颖超："做个姿态，欺骗舆论，这不是蒋介石惯用的手法吗！"

周恩来："要不是为了谈判，这种人我再也不想见他。"

邓颖超走到丈夫身边，把一杯水送到他的面前。

第三方面力量在交通银行集会。（照片）

香港九龙，急告三千人集会反内战。（报纸）

上海民众反对国民党包办国大。（报纸）

秋。梅园院子。日。

梁漱溟、黄炎培、沈钧儒在院子里。

梁漱溟："哦，南京的秋天真好，到处闻到桂花香。"

字幕：1946 年 10 月 28 日　梅园新村

邓颖超："现成的桂花，我给几位煮一点桂花赤豆汤如何？"

周恩来："好哇，我也跟着朋友们沾光。不过，坐在丹桂下，喝着桂花汤，会让人忘记还有战争。"大家笑了。

秋。梅园客厅。日。

这时，周恩来已陪着客人走进会客室。

梁漱溟："周先生，我们第三方面一定要尽最大努力消弭内战。"

宾主们落座。工作人员端来茶水。

周恩来望着梁漱溟：

"梁先生春风满面，莫非有什么新的主张了？"

梁漱溟："我们送来一个刚刚拟好的折中方案。"

周恩来："哦？折中方案？好啊，请把方案主要内容讲讲。"

梁漱溟拿方案边看边讲。

"双方立刻颁发停火令，部队各驻留于现防阵地……"

周恩来端坐倾听。黄炎培瞄了周一眼。梁漱溟读讲得津津有味，沈、黄二人均有得意之状。

梁漱溟："……共军在满洲之驻地，齐齐哈尔、北安、佳木斯应事先予以确定。"

周恩来脸色变得严峻起来。

梁漱溟:"为了解决中长路交通问题,我们考虑,除政府已占的二十一个县以外,对中共的二十个县,政府应派县长带领铁路警察进驻。"

黄炎培:"带警察,可以不驻国军了,对中共有好处。"

周恩来脸上乌云翻滚,

手里端着的茶杯在颤抖。

梁漱溟:"接收共方占据的二十个县……"

蓦地,周恩来将茶杯往地上猛地一摔:

周恩来:"够了!不要再念了,我的心都碎了!"

大家惊愕。

碎裂的茶杯,四散的茶叶和茶水……

周恩来霍地站起来:

"怎么国民党压我们还不够,你们第三方面也一同来压我们?今天,和平破裂,即先对你们破裂!"声泪俱下,"十年交情啊,就结出这么一个果实?"手拍胸膛,"你们……你们该扪心自问哪……"

梁漱溟、黄炎培目瞪口呆,惶然无措。

邓颖超身后跟着一个端着托盘的炊事员,来到会客室门外。

邓颖超:"桂花赤豆汤好啦。你们请……"话还没说完,便愣在门口。

地下的玻璃碎片。

邓颖超让炊事员退下。

周恩来:"曾几何时,双方一再相约,今后有何打算,要互相通知关照。我是信任你们的,我们从来都信守这一诺言,可这次,你们为何不事先通知关照?"

周恩来热泪纵横:"限制我们,规定我们,为什么不限制、规定他们？接收我们二十个县，二十个县呀，还要国民党的县长带警察去，连蒋介石、马歇尔也不敢这样提呀！现在，政府军正向中共区域发起全面进攻，他们要用武力消灭我们，而你们也在我们身上踩上一只脚。这是背叛！梁先生，就凭这个方案，你可以到政府做官去了！"

黄炎培一脸愧窘："办错事了，办错事了。怎么办？怎么办？"

梁漱溟直跺脚："该死，方案已送给了孙科和马歇尔了。"

周恩来转过身去，面对窗外，不再说话。

梁漱溟瞟了一眼背过身去的周恩来，稍做犹豫，拿起电话：

"民盟总部，立刻到马歇尔、孙科那里把折中方案收回来，越快越好！"

梁漱溟将方案塞进皮包：

"事情可以了结了吧，方案作废。请周先生不要以此为意。"

沈钧儒："这是个教训，教训啊！"

黄炎培："周先生，我们今后一定信守诺言，互相关照，互相关照。"

报纸标题：国大召开

字幕：1946 年 11 月 15 日国民代表大会召开。

秋。美国大使馆。夜。

章文晋把一只仿明大花瓶放在客厅地毯上。

司徒雷登惊呼："哦，周将军，您送我的不是礼品，是文化！"

周恩来："文化不需要战争，它要由和平来培育。"

司徒雷登："所以，我想，您该留下来继续和谈。没有回旋余地了吗？"

周恩来:"这个问题您该去问蒋介石先生。"站起来,"告辞了。"与司徒雷登、傅泾波一一握手。

司徒雷登将周恩来送到星条旗下:

"周将军,您独树一帜,而不辱使命,具有比别人更令人尊敬的人格。与您结交,我感到十分荣幸。"

周恩来:"大使先生,我也十分荣幸能与您相识、相处。再见。"

司徒雷登目送。

初。梅园31号门口。

周恩来从梅园30号走出,来到31号。

门开了。开门的中年人,见是周恩来,吃了一惊:"周先生?"

周恩来抬眼看二楼。

31号二楼一个脑袋刚伸出来,又缩了回去。

中年人没有让周恩来进去的意思,二个人一个门里,一个门外说话。

周恩来:"我来是想告诉你们,我要回延安去了。"

中年人:"好像报纸上有过这方面的猜测。"

周恩来:"我们做了几个月邻居,处得不错,谁也没给谁添麻烦,是吧?"

中年人:"那是,那是……"

周恩来:"楼上是一家吧?"

中年人:"……哎。"

周恩来:"二楼有个年轻人,神经兮兮的,总在窗口朝我们那边探头探脑的。"

中年人:"啊,他是好奇。周将军人缘好,客人来人往多不是吗！"

周恩来洒脱一笑："好奇也就罢了。我走后董必武先生还在，还望多加关照哦！"

中年人点头哈腰："邻居好，赛金宝嘛！董先生一看就是厚道人，我们不会惊扰他的，请放心。"

周恩来："这样就好。抬头不见低头见，我这次走了，说不定哪一天我们还会见面呢！"

中年人："哎。"

周恩来伸出手："那就再见了。"

中年人一怔，在衣服上擦擦手。与周恩来握了握手，惭愧地低下头，轻轻掩上了大门。

秋。梅园 17 号。日。

有记者还匆匆赶来。

街上自然少不了伪装的专职特务。

17 号天井里挤满了人。

周恩来："国民政府一手包办的国民大会已于昨日开幕，和谈之门已被国民政府一手关闭了。进攻解放区的血战方殷，美国援蒋内战的政策依然未变……"

会议室里，济济一堂的中外记者招待会正在进行。周恩来在国军进攻解放区形势图前慷慨陈词："假和平、假民主再也骗不了人啦！我们中国共产党人愿同全国人民一道，为真和平、真民主奋斗到底！"

说罢，会场气氛顿然活跃起来。

《中央日报》记者扶了扶玳瑁边眼镜：

"如果国大通过对中共下讨伐令，你们将何以自处？"

周恩来打量了这个瘦长的中年记者,坦然笑道:"你是《中央日报》的吧?我们在重庆就认识了,老朋友啦!你应当清楚:仗,早就在打了。抗战前十年内战,抗战中八年摩擦,胜利后一年纠纷,都过来了。但我想告诉诸位,政府军的进攻是可以打败的,不论在什么地方和什么战场上,它的前途必然是众叛亲离,全军覆没!"

一名路透社记者捏着铅笔站起来:

"倘若内战不可收拾,是否排除外国干预?"

周恩来叉腰,微微挺胸:"倘因内战引起国际干预,不论它来自何方,我们都坚决反对。当然,如果是善意调解,还是可以考虑的。总之,中国人的事情,中国人自己会解决的!"

这时,会场突然响起一个声音:

"请问中共将何时返回南京?"舒菲站起来向周恩来颔首致意。

周恩来发现,这一声提问立即引起广泛共鸣。

"对!"

"问得好!"

"务请回答!"

记者们变得十分兴奋,一个个翘首以待。

周恩来:"哦,舒菲小姐,很高兴在这里见到你,讲何时返回南京,无非有两种可能:一种是国民党打不下去了,要回到政协决议上来;另一种是国民党越打越垮,我们打回南京来。我看后一种可能性很大。南京,我们是一定要回来的!"

众鼓掌。

门口的记者簇拥着周恩来走出17号,一路上谈笑风生,十分热闹。

特务夹在人流中,东张西望,左顾右盼,不知如何是好。

秋。宁海路5号客厅。日。

周恩来、邓颖超来向马歇尔告别。

马歇尔："周将军，我该怎么说呢？我只能说我深感遗憾。我愿为贵方人员撤出提供飞机。"

周恩来："将军，谢谢您一直为我提供专机。"

凯瑟琳从楼梯上下来：

"哦，周将军，周夫人……好久没见到你们一起出现在这里了。这真令人高兴！"

他们一起走进客厅。

马歇尔："凯瑟琳，将军和夫人要回延安了。"

凯瑟琳："谈判失败了吗？这真是不可思议。"

杰西端来咖啡。

周恩来："尽管谈判失败了，将军阁下和夫人还是给我们留下了许多难忘的回忆。在我的后半生，也许会时时想起在南京度过的那些日子……"

邓颖超："夫人，我想送你一点微薄的礼物，实在是不成敬意。"

章文晋拿着一袋小米和一扎粗纺毛线送上。

邓颖超："这是延安的小米和粗纺毛线，它出自黄土高原胼手胝足的农民。这或许会使您想到您的土地和人民……"

凯瑟琳兴奋地："这很纯真，也很珍贵。这些礼物像周夫人本人一样朴素无华。"看看马歇尔，"真抱歉，我还没来得及为您准备礼物。"

周恩来："我和我夫人希望有一天能到美国去观赏您演出的歌剧。"

凯瑟琳和马歇尔都笑了。

凯瑟琳："哦，那我一定要为了你们到百老汇，重返舞台，为尊贵的朋友一展歌喉！"

周恩来站起来：

"让我们一起期待那一天的到来吧！将军，夫人，后会有期。"
与马歇尔、凯瑟琳握手后，向外走。

门口台阶下，他们不约而同地站住了，然后默然对视。

马歇尔的蓝眼湿润了。

周恩来被感动了。

凯瑟琳和邓颖超也感动了。

马歇尔忽然抓住周恩来的双臂拥抱了一下，倏又松开，那曾患过面瘫的肌肉抽搐了几下。

周恩来当即又握住他的手，重重地摇了几下迅即转身离去。凯瑟琳也与邓颖超拥抱。

邓颖超跟着周恩来离去。背影渐渐模糊。

望着邓周伉俪的背影，凯瑟琳挽起马歇尔的胳膊：

"乔治，我很伤感……如果不是谈判，我跟他们会有难忘的友谊……"

马歇尔把凯瑟琳搂得更紧一些：

"我也很伤感……我将两手空空地飞越大洋，结束我的中国之行。"

秋。中山陵。日。

苍郁的树林烘托着庄严雄伟的中山陵。

邓颖超挽着周恩来凝眸"天下为公"四个大字。

他们走进祭室。随行人员章文晋和一个副官。

周恩来在敬献的花篮前，庄肃地上前整理好绶带。

周恩来、邓颖超并肩，向孙中山坐像缓缓三鞠躬……

周恩来与邓颖超先后走进圆形墓室,

孙中山卧像。

周恩来与邓颖超沿着大理石栏杆绕行,步履缓慢,神情虔敬。

周恩来心声:"中山先生请放心,中国的问题。中国人自己一定能够把它解决好……"

他的声音回荡在陵寝的圆形屋顶之间。

邓颖超挽着周恩来沿阶梯而下。

几乎同时,两人转过脸,目光遇到了一起

台阶的另一侧,宋美龄挽着蒋介石拾级而上。

他们径自向前走,直视前方。

周恩来、邓颖超直视前方,似乎没有看到对方的出现。

两对夫妇各自向前走,背道而行。

宋美龄在目不旁骛的蒋介石身边,越过他的黑色斗篷向周恩来夫妇回眸。(定格)。

周恩来与邓颖超若有所思,庄严地面向远方。(定格)

中华门。晨。

周恩来邓颖超挽着胳膊拾级而上。

周恩来:"小超,我们的一生都将继续爬坡。"

邓颖超:"这也是命运?"

周恩来转脸望着她:"这是命运。我们命中注定要一起攀登,向前。"

邓颖超:"永无尽头?"

周恩来:"尽头总是有的。尽头是躁动在母腹中喷薄欲出的太阳……"

他们来到中华门上,周恩来向东方地平线指去,那里,一轮血红的旭日在朦胧的远方画了一条明丽的弧线……

1998 年 8 月酷暑中<br>
（根据庞瑞垠小说《逐鹿金陵》改编）

# 后　记

## 梅园夜雨　花开有声

梅园？周恩来？

我瞪大眼睛，深吸一口气，很不在状态地摇着头，完全是一副匪夷所思的样子。——那神情定格于1997年夏，南京中心大酒店，江苏台电视剧部副主任刘旭东请我出任《梅园往事》编剧的一瞬间。非要问为什么吗？一句话：非不愿也，实不能也！如此反复两个回合。最后，副台长凡兵亲自出马：老周，请你救救场！省委副书记顾浩要求9月开机，现在是7月中。周恩来100诞辰之前必须出片，否则……他疲惫瘦削的脸上，挤出一丝苦笑。我还是摇头：这个忙，我实在帮不了。小杭在一旁悠悠地说，老周，我知道，你做得了。

时隔四年，我又一次看到，小杭的眼睛后面还有眼睛。那双眼睛的穿透力让我瞠目结舌，无话可说。它不仅入木三分，能发现你隐藏很深的潜质，而且会从从容容地驱使你义无反顾地走上畏途。如今，又一条山高林密的畏途横在我面前。我在他怂恿下忽忽悠悠被送了上去。因为我相信,他总是对的。我刚答应试试看,紧箍咒就上来了:8月10日出本子。好家伙,只有20天!在此期间,还要完成南京台电视剧部主任安源生的约稿。我不得不经历又一个高度紧张的炎炎夏日。为了不至于在连续的急行军中败下阵来,我很奢侈地用五个月的工资买了一台空调。凉快是凉快了,可周恩来怎么写,还是一片茫然。

那时,周恩来的一生几乎被写尽了,只有梅园尚属空白。写梅园,不能不写南京谈判。而谈判对手蒋介石,又是炙手可热的现代枭雄。两个决然对峙的中国顶级人物,搅乱了我的阵脚,让我如坐针毡,如临深渊,在凉阴阴的房间里出了一身又一身冷汗。写伟人如何规避神化平面化?写枭雄又如何告别脸谱化妖魔化?我怎么竟不知天高地厚,接受了如此艰难的双重挑战?事到如今,哪里还有退路?只有硬着头皮拼了。谁知初稿出来后,中央重大题材小组居然表示认可。南京的专业人士则认为技巧圆熟,笔法老到,对马歇尔的刻画有新意,有突破。只是还没有让周恩来真正走下神坛。这一个:"只是",令我茶饭不思,愁肠百结,乖乖地留在南京梅园新村纪念馆,过了一个埋头书海遍查资料的中秋。

我一向以为艺术首先是表情的,达意当在表情中自然完成。到了伟人面前,为什么竟忽略了表情,而把说事儿放在了第一位?看来,我在战战兢兢中突出了"伟",却在不意间丢掉了那落地生根的"人"字。

"少小离家,三十六年没回淮安祭扫了,我真是不孝呀!母亲坟头的白杨树已经长得很高了吧?"这是儿时玩伴拎着一篮子香油馓子来梅园叙旧时,周恩来发出的感喟。

……专机飞过淮安，周恩来令飞机飞得低些，再低些。无奈云层太厚，难以看到阔别已久的故土。他又一次扼腕长叹，百感交集，心存愧怍，唏嘘不已。

……在梅园的年轻人举行婚礼之后，他不禁想起当年在广州只有两个人的婚礼："如果我们的孩子生下来，该有二十一岁了。说不定也在谈恋爱了。"邓颖超黯然泪下。周恩来这才发觉自己说走了嘴，立即抚慰妻子："小超，是我的错。对不起，我怎么会？我答应过你，永远不提这件事，我今天这是怎么了？"

……与陶行知在南京重逢时，他诗人般地回忆起在重庆陋室促膝相对，作竟夜长谈的情景："桐油灯噼噼啪啪地响，院子里紫藤花送来阵阵清香……那一切，好像就发生在昨天。"

——你看，亲情、爱情、友情使伟人周恩来立体了，鲜活了，人性化了。秘诀只在一个"情"字。试问，天下人孰能无情？有了人之常情，伟人与普通人便息息相通了。如此"私人化"的周恩来，在当时的影视作品中，尚不多见。开拍前，我与妻随剧组溯江而上，制片巫永俊安排我们住进了庐山上的"美庐"。那是当年蒋介石宋美龄的别墅。不知为什么，住在那个阴气很重的湿漉漉的房间里，总有些怪怪的感觉。扮演蒋介石的孙飞虎说，他一夜未睡，一口气读完剧本。他很喜欢。一则他终于当上了主角，二则蒋介石没有被程式化。他神秘兮兮地告诉我，蒋纬国曾派人探望他，称赞他演得好，几可乱真，没有刻意丑化。从此，我成了他的侃友。一天，他突然说，老周，你的文笔不错，能不能帮我写一本传记？稿费一人一半。我可以买一台最好的电脑送给你！看来，"委座"在灯火阑珊处，蓦然发现了一个颇为合意的枪手。《梅园往事》于当年完成。周恩来 100 诞辰前由央视和江苏台同时推出。中央重大题材小组审片后留下五字评语：拍得很精致。中国十佳女导演虞志敏身手果然了得。这是我们在《百年梦幻》之后，又一次称得上默契的合作。

《梅园往事》刚刚面世，《小萝卜头》便进入倒计时。为了开机前最后一改能随时随地与导演李路沟通，我在南京中山植物园度过了又一个中秋。最堪回味的是，夜阑月明之时，静卧睡榻，窗外的虫鸣如生命的潮汐，一波又一波地向我涌来，时而齐唱，时而重唱，时而在一声凄绝的领唱之后，响起多声部超大合唱。那是我有生以来听到过的最为动人的天籁。它令我神思恍惚，于浑然不觉间回到了不知愁苦为何物的烂漫童年。它夜夜伴我入梦，就连梦境也都美不胜收。哦，那是些怎样的日子哟！不管清晨还是傍晚，我和妻子都要到遮天蔽日的树林里漫步。我们漫不经心地信步而行，常常走迷了路，竟又回到了原地。相视一笑之后，再从头走起。于是我暗自发问：世界上能够从头再来的路又有多少？人生也能从头再来么？小萝卜头九岁就死于非命，谁能再给他一个春来冬去的人生？

《小萝卜头》1998 年岁尾投拍，1999 年面世。从海选小演员到走上荧屏，全国大小媒体炒得沸沸扬扬。说穿了，不过是制片人的营销策略。播出时，恰逢建国 50 年大庆。北京电视台作为献礼片在黄金时间隆重推出。央视四个频道连续几年多次播映，成为复播率很高的电视剧。在金鹰奖评选中，《小萝卜头》获得十几万张选票，从深圳捧回了中国电视金鹰奖奖杯。之后不久，又在长沙捧得了由专家评选的全国电视剧飞天奖。所有这些，都在我意料之外。虽然出乎意料，却并没有大喜过望。在多年忍辱负重之后，我已进入耳顺之年。遍尝艰辛，历经沧桑，变得淡定从容宠辱不惊甚至有点麻木不仁，似乎也是情理中事了。

导演李路十分年轻。他一直喜欢我的剧本。曾经，在江苏台门前偶遇，他一开口就说，周老师，你的台词真漂亮，能不能给我写个本子？说来有缘，几年后，我们当真合作了一把。尽管我的年龄已经可以做他的父辈，创作上却并没有遇到任何难以沟通的问题。《小萝卜头》更使我们成了忘年之交。在深圳晶都饭店参加金鹰奖颁奖活动时，他问我，能不能再给我写个本子？我想都没想，爽快地应了一声：好哇！

不久，我们就登上了直达内蒙古的火车。